Katherine Pancol est née à Casablanca en 1954. Depuis l'enfance, elle s'immerge dans les livres et invente des histoires qu'elle raconte à qui veut l'entendre. Pour elle, la fiction est plus réelle et intéressante que la réalité. Elle était la plus fidèle adhérente de la bibliothèque municipale où elle lisait tous les livres par ordre alphabétique. Balzac et Colette sont ses deux maîtres absolus. Après des études de lettres, elle enseigne le français et le latin, mais attrape le virus de l'écriture et du journalisme : elle signe bientôt dans *Cosmopolitan* et *Paris-Match*. Un éditeur remarque sa plume enlevée et lui commande l'écriture d'un roman, *Moi d'abord* paraît en 1979 et connaît un succès immédiat et phénoménal. Elle s'envole pour New York où elle vivra une dizaine d'années, écrira trois romans et aura deux enfants. Elle rentre à Paris au début des années quatre-vingt-dix. Elle écrit toujours, et sa devise est : « La vie est belle ! »

www.katherine-pancol.com

Katherine Pancol

MOI D'ABORD

ROMAN

Préface d'Olivier Barrot

Éditions du Seuil

TEXTE INTÉGRAL

ISBN 978-2-7578-2896-0

Préface

Voici que l'on réédite *Moi d'abord*, un peu plus de trente ans après sa première publication. Avait-il disparu, ce premier roman dont le titre déjà affirmait plaisamment un égotisme revendiqué ? Des rayons de librairie peut-être, certes pas de la mémoire de ses lecteurs. C'est avec ce livre à la première personne que son auteur, alors journaliste, révèle son caractère, sentimental, nerveux, incisif, et son comportement dans l'existence, en particulier à l'égard du sexe dit fort. Katherine Pancol n'a jamais détesté les hommes, à qui, reconnaissons-le, elle a toujours plu. De fait, il n'est pas aisé de lui résister. Mon premier souvenir d'elle remonte à quelque trois décennies, elle vivait avec Pierre Lescure, alors proche collaborateur du président d'Antenne 2 (future France 2), le grand Pierre Desgraupes. Nous nous trouvions en mission à Las Vegas, pour un marché de télévision, conviés à un concert de Frank Sinatra au Caesars Palace. Que de mythes, hommes et lieux assemblés ! À quelques mètres de nous, arrive donc The Voice, qui officiait en plein air, non loin du bar où nous étions attablés. Lescure, Katherine et moi demeurons saisis, tandis que Frankie entonne *My Way* : j'ai la certitude, sans les avoir consultés, qu'ils en conservent la même émotion que moi. Le récital s'achève, pas facile d'enchaîner, de revenir à la vraie vie : moment de silence partagé. Elle arborait une vitalité souriante proprement exquise, un entrain constant, en même temps qu'une attention non feinte aux personnes qu'elle croisait. Comme nous semblait enviable la vie privée de Pierre Lescure ! De leur intacte complicité, on trouvera une émouvante trace croisée dans le livre mémoire que lui vient de publier, *In the baba*. Cependant, la séduction de Pancol – elle n'a jamais objecté à ce qu'on la désigne sous son seul nom de famille – ne saurait se restreindre à l'agrément de ses traits. C'est sa plume, certes, qui la qualifie avant tout, et dont on connaît depuis longtemps la capacité à convaincre des millions, oui, des millions de lecteurs et lectrices. Et c'est l'une des satisfactions que l'on éprouvera à coup sûr en découvrant ou relisant *Moi d'abord* : tout ce qui nourrira le succès prodigieux des dernières œuvres de Katherine Pancol, autour de crocodiles aux yeux jaunes ou d'écureuils de Central Park, se trouve présent dans ce roman laconique, dont le début forge d'emblée un enjeu et une atmosphère : « Ma première fois. Désormais, je ne serai plus jamais la même. Je pose une pointe de pied dans le monde des adultes. Je quitte l'étreinte douce et chaude de l'enfance, de ma petite famille, toute petite car papa nous a quittés, il y a quelque temps, pour suivre une autre dame. Nous sommes restés tous les trois : maman, Philippe et moi. » C'est que Sophie vient de faire l'amour avec Patrick. Patrick, ou la conquête de soi à travers la jouissance. Ne nous cachons pas derrière des mots édulcorés, Sophie mesure l'intensité croissante de sa relation tandis qu'elle accède à un nirvana insoupçonné : « L'amour allait enfin devenir une fête. » Ce qui ne l'empêche nullement de s'éprendre d'Antoine, de se convaincre qu'elle n'aime plus Patrick, d'accepter que, à l'occasion d'un voyage en Italie, Antoine ne la touche pas pendant dix jours en chambres séparées. Heureusement, la nuit de Portofino produit ses effets bien connus, et malgré la survenue d'un Eduardo pourtant bien peu séduisant, Sophie se convainc qu'Antoine s'impose dans l'épineuse fonction d'homme de sa vie. Mais peut-être est-il déjà trop tard. Saveur douce-amère de ce roman d'initiation amoureuse, porté par un sens aigu de la formule frappée : « Je n'ai pas d'autre homme dans ma vie. Il n'a pas envie d'une autre dame. Nous souffrons d'une incompatibilité de croissance. » *Moi d'abord* c'est, l'air de rien, la constatation d'une certaine forme d'impuissance : nous voulons aimer, nous nous croyons sincères, et cependant le lien se distend puis se brise. Malgré nous ? Nos pulsions : une délicate balance qui peine à se fixer sur un équilibre durable. Je relis *Moi d'abord*, dont je relève l'insondable mélancolie qui sous-tend la référence affirmée aux gestes de l'amour. La fièvre gagne, enfin, c'est comme un orage véhément auquel nul ne résiste. Il s'éloigne, cependant, une pluie douce succède aux excès tempétueux. On peut alors aspirer à l'apaisement. Pour un temps, en tout cas...

Olivier BARROT

Pour un monsieur
qui habite rue du Bac.

Première partie

Ma première fois. Désormais, je ne serai plus jamais la même. Je pose une pointe de pied dans le monde des adultes. Je quitte l'étreinte chaude et douce de l'enfance, de ma petite famille, toute petite car papa nous a quittés, il y a quelque temps, pour suivre une autre dame. Nous sommes restés tous les trois : maman, Philippe et moi. Coudes et cœurs soudés, Trinité indissoluble dans les rires et les larmes. Je les aime, ils m'aiment. Nous sommes nos propres fans, nous nous récitons des cantiques quand tout va bien, faisons des orgies et des lamentations quand le destin clignote de travers. On a notre vocabulaire, nos accents toniques et les mots à ne jamais prononcer sous peine de faire gicler les larmes.

J'articule donc, sans honte, ma nouvelle matinale, devant mon public favori accoudé sur la toile cirée à carreaux rouges et blancs, que la jeune sœur de maman nous avait envoyée de Clermont-Ferrand pour que nous partions d'un bon pied.

Maman allume une Gitane pour occuper son émotion montante, Philippe me regarde, pas gêné du tout.

Cette nuit, j'ai fait l'amour. Pour la première fois. Avec Patrick. Bon ? Difficile à dire. Intéressant sûrement. Pas vraiment enthousiaste mais consciente que le moment était venu. Dix-huit ans, c'est le bon âge, c'est correct.

Car autrement, je me satisfaisais bien toute seule ou avec un tiers, en échangeant masturbation contre masturbation. Septième ciel assuré, même quand ça se passait en solitaire dans ma baignoire avec Bob Dylan qui m'encourageait de l'harmonica. La conscience embarrassée parce qu'on n'est pas censée se faire plaisir dans la baignoire et sous les robinets pendant que maman, dans la pièce à côté, fait réciter à Philippe les ressources minières de l'Allemagne de l'Ouest. Oui, mais c'est si bon. Si délicieux à découvrir. Enchantée. Nice to meet you. Les deux jambes accrochées au cou de la tuyauterie familiale, et la tête qui se noie dans l'eau du bain et du plaisir.

Avec Patrick, c'est différent. Pas aussi bien qu'avec le robinet. Pendant nos longues séances de flirt, nous pratiquions, avec une stricte observance des lois, le tout-mais-pas-ça : bouche à bouche non stop, mains moites sous taffetas écossais, un bouton, une socquette, deux socquettes, un effleurement du sein droit puis du gauche, et un *niet* final si l'auriculaire descend plus bas. Même les pieds en croix et ivre de plaisir, la Morale impérialiste m'arrêtait en pleine ascension. Non, je suis désolée, revenez plus tard, quand je serai grande mais aujourd'hui, je ne peux pas. Ce n'est pas convenable.

Mon cobaye préféré, c'est Patrick. Beau, façon poster d'Alain Delon, les yeux bleu Caraïbes, les pommettes en devanture, la bouche comme il faut, ni trop molle ni trop pincée. Seul différence avec le poster, il est frisé. Frisé serré et blond. Grand et large, je peux rouler sur sa poitrine, rassurée par toute cette masse qui m'entoure et qui m'aime. Plus jamais seule ni incomprise avec ses soixante-quinze kilos et son mètre quatre-vingt-quatre. Le nez dans ses bras, je regarde le monde avec curiosité mais de loin.

Il possède, lui aussi, des parents divorcés et une mère qui a lutté pour l'élever. Il assiste Philippe dans ses équations à deux inconnues. Tout cela nous rapproche, aide à mieux nous comprendre et supprime pas mal de complexes socio-économiques. Avec lui, je n'ai pas honte de dîner sur la toile cirée de la cuisine ou d'entendre maman rappeler que papa n'a toujours pas payé la pension alimentaire. Sa mère, elle aussi, a des fins de mois difficiles et son père pousse de grosses colères comme le mien.

Je ne le vois que le week-end. Il habite Villeneuve-Saint-Georges et étudie. Pour devenir expert-comptable.

Depuis que je le connais, je sais que c'est avec lui que ça arrivera. Parce qu'il a un air propre, qu'il est beau et qu'à force de le regarder de très près, j'ai envie d'aller plus loin. Et, enfin, de tous mes copains de baisers essoufflés, il est celui qui me chérit le plus. Priorité au plus affectueux.

Aussi, lorsqu'un samedi soir, il m'invita à dîner et à coucher chez sa mère, à Villeneuve-Saint-Georges, j'y allai. Un peu réticente. Le dîner avalé, je me retrouvai dans sa chambre et le regardai se déshabiller en me demandant : « Qu'est-ce que je fais ici ?... »

Et pourtant, on se connaît par cœur. Depuis mes quinze ans et mes vacances en Normandie. Chaque été, nous passons, Philippe et moi, un mois chez papa. Près de Fécamp. Je l'ai rencontré à une surprise-partie, un soir où j'avais fait le mur avec Philippe. Très souvent, les baskets à la main et le mur derrière nous, nous ne savions quoi faire...

Cette nuit-là, il y avait fête dans une villa. Une

vingtaine de couples s'embrassaient pendant que Johnny chantait « Retiens la nuit... ». Le premier que je rencontrai, à gauche en entrant, ce fut Patrick. Beau comme le chef de la bande, le regard pointu sur mon anatomie et l'autorité naturelle de celui qui a toujours la plus belle moto. Quatre ans de plus que moi. Un vieux, quoi. Quand il s'est approché et qu'il m'a embrassée, je n'ai même pas eu l'idée de résister : j'étais choisie par le chef de la bande.

Les muscles triomphants, il m'a emmenée au premier, l'étage où on flirtait sérieux. En une nuit, j'ai tout appris : du baiser au jean retroussé. C'est bon, encore s'il vous plaît. J'ai rattrapé toutes mes leçons de sciences naturelles. « Et les spermatozoïdes, mademoiselle, ça s'attrape comment ? » Question à laquelle on ne répondait que très vaguement chez les dames augustines, où je suivais mes classes. Je ne savais toujours pas et j'étais inquiète. Je me disais, ce soir-là, que je risquais d'en attraper à me laisser embrasser de la sorte. Je me promettais de demander à maman, mais il fallait attendre trois semaines avant de revoir maman.

Trois semaines enlacée à Patrick. Suspendue à ses décisions. Éclatante de fierté d'être la seule à monter sur sa moto. Étonnée de toutes les sensations nouvelles que je découvrais sous les seuls pins de la région, où il m'emmenait et me couchait.

En septembre, nous nous séparâmes. Moi, nouée de larmes ; lui, à peu près indifférent. Il avait d'autres amours à Villeneuve-Saint-Georges. Je ne le retrouvai que l'été suivant. Nous reprîmes nos stations sous les pins. Cette année-là, il me demanda mon numéro de téléphone à Paris. Je le lui donnai. Avec moins de ferveur que l'été précédent, mais toujours très fière d'être la préférée du chef.

Et je suis là. Intimidée devant ce jeune homme qui va s'allonger sur moi. Je ne sais pas ce qu'il convient de dire, de faire, de proposer. J'attends. J'exécute un rapide calcul mental pour savoir, avec mes bases d'éducation sexuelle, si je risque ou pas la fécondation. Je me laisse aller à la fatalité. De toute manière, il est trop tard pour reculer.

Il a beaucoup mangé, beaucoup bu. Il a sommeil. Si sa légende de chef ne l'y obligeait pas, il remettrait à une date ultérieure. Alors, il se couche, me fait signe de le rejoindre, m'embrasse vaguement, s'étend sur moi. Je le trouve lourd et encombrant. L'air trop absorbé pour être sexy. J'attends que quelque chose se passe. J'ai un dernier sursaut de non-je-ne-veux-pas… Puis, plus rien. Il se retire et roule sur le côté. Je me sens frustrée et furieuse. Il m'abandonne à mon événement et dort.

Et je me fais la promesse d'aller voir ailleurs comment les autres s'y prennent. Je garde les yeux ouverts toute la nuit, en attendant qu'un changement se produise. Que quelque chose se passe qui prouve que je suis une femme. Une vraie. Mais cette nuit m'a rendue importante. Il m'est arrivé quelque chose qui n'appartient qu'à moi, qui me fait exister et imaginer mille combinaisons. Même si mon extase ne relève pas des mille et une nuits, je sens que je suis auréolée d'un certain prestige : Philippe, de dix-huit mois mon cadet, n'a pas encore dormi avec une dame, et maman néglige toute vie sexuelle, depuis le départ de papa, pour mieux se consacrer à nous.

Le dimanche suivant, maman et Philippe ayant adopté mes nouvelles amours, Patrick fut consacré deuxième homme de la maison. Il fut entendu que l'on continuerait à se voir tous les week-ends, un samedi chez sa mère, un samedi chez la mienne afin que la licence ait lieu dans une atmosphère familiale, maman refusant de me voir échouer dans un hôtel troisième classe.

Donc, ce dimanche-là, le deuxième de mes libertinages, elle nous apporta notre petit déjeuner, suivie de Philippe, la paupière à l'affût. Ils venaient tous deux goûter aux miettes de luxure qui glissaient de dessous les draps. Maman était très nostalgique. La vision de sa fille, emmêlée à un homme dans le petit lit Samaritaine qu'elle avait acheté il y a dix ans, décollait des souvenirs encrassés par l'habitude. Elle se revoyait toute jeune, la peau dorée par le soleil du Midi, le cœur sans plis amers, tendue vers un avenir de confettis.

Maman. Une jeune bourgeoise à la tête bourrée de romans-feuilletons. Une famille bien assise du côté d'Avignon. Avec Renault familiale, bonnes en tablier blanc, propriété rurale et perroquet qu'on transporte dans sa cage lors des grandes transhumances. Sept frères et sœurs aux dates de naissance ponctuellement espacées tous les dix-huit mois, nourris au sein, habillés de dentelle et photographiés à un an, les fesses nues et la toge romaine chez M. Reblochon, photographe d'Avignon.

Grand-père : un paysan aventurier, né dans l'extrême campagne de l'Aveyron, qui préféra partir au Venezuela plutôt que de traire les vaches de son père. Revenu à quarante ans, les poches pleines de pépites, il demanda la main de ma grand-mère, noble héritière ruinée de son village, et l'obtint.

Ma grand-mère. Une belle Méditerranéenne aux longs doigts effilés. Féministe avant l'heure, elle avait refusé de se marier, trouvant la vie beaucoup plus belle sans homme qui dort à vos côtés et vous dicte sa loi. Ce n'est qu'à trente ans, devant l'importance du compte en banque de mon grand-père et la décrépitude du décor familial, qu'elle abandonna ses longs doigts blancs et sa vertu à l'aventurier. Il lui récita du Shakespeare tout au long de sa cour, lui fit écouter le premier poste à galène acheté à New York. Elle ne comprenait pas toujours ce qu'il disait mais, ayant été élevée chez les sœurs de la Visitation, se montrait aimable et instruite.

Elle mit au monde sept enfants. Tous porteurs de noms très simples pour qu'elle n'ait pas de mal à se les rappeler : Pierre, Paul, Jean, Marie, Camille, Blanche, Henri.

Camille, c'est maman. La préférée de mon grand-père.

L'été, toute la famille s'exilait au domaine de Cistours, petit village de l'Aveyron. On ramassait les foins et les fruits. Les enfants grandissaient. Grand-père bâtissait.

En septembre, ils remontaient dans la Renault, tenant bien haut le perroquet et saluant les voisins qui venaient leur souhaiter un bon hiver et d'appétissantes confitures.

Camille fut élevée au rythme de ces voyages.

Si Camille était la préférée de mon grand-père, c'est parce qu'elle était la plus charmeuse et la plus jolie. La plus inquiète et la plus absolue. À douze ans, elle se glissait sur ses genoux, à la fin du déjeuner, et lui murmurait très bas, en plissant les sourcils d'insistance : « Je voudrais un piano s'il te plaît. Je jouerai comme Marguerite Long, tu sais ? » Grand-père se levait et allait voir le piano que Camille avait découvert. À treize ans, elle devenait mystique et impénétrable, se privait de dessert pour ressembler à la petite Thérèse de Lisieux. À quinze ans, elle demandait une bicyclette Élégante à Noël et dévalait les rues d'Avignon, faisant voler ses jupes. Grand-père trouvait cela bien inconvenant mais respectait la passion que sa fille mettait à pédaler. Grand-père respectait toujours les passions.

Il disait « oui » à ses grands yeux châtains, à son nez tout droit, à ses longues jambes brunes au bout desquelles claquaient des petits talons pointus.

Et, quand elle se posait sur lui, passait autour de son cou ses bras ronds et doux, il ne pouvait rien lui refuser. Camille grandit sans éducation véritable. Ses seules certitudes lui furent assenées aux Jeannettes puis aux Guides où elle apprit, le soir au coin du feu, tout un code vertueux de morale catholique qui lui piquait les yeux de larmes. Elle croyait, de toutes ses forces, aux belles histoires racontées lors des veillées, et se construisait un monde charmant où les bons étaient toujours récompensés et les méchants punis. Plus tard, chaque fois qu'elle recevait une demande en mariage, elle l'inscrivait sur un petit carnet. Quand le carnet était rempli, elle en achetait un autre. À force d'allumer chez ses contemporains des flammes sans espoir, elle provoqua une série de drames qu'elle racontait avec une immense fierté. Preuve indiscutable qu'elle avait bien su exister. Une inscription au parti fasciste, un suicide raté (il avait voulu se noyer mais l'avait fait trop ostensiblement), un engagement dans la Légion, la traversée de la Manche à la nage. Camille conservait soigneusement tous les échos relatifs à ces événements parus dans la presse locale et, quand elle avait l'humeur basse, elle les relisait. Et c'était comme si elle se remaquillait l'âme…

Les bas toujours bien tirés, le cheveu lisse. Pas la moindre trace de péché, même lorsqu'elle sortait un peu vertigineuse de la chambre d'un étudiant.

Et puis, un jour, elle rencontra Jamie Forza…

Mes nuits suivantes avec Patrick ne se révélèrent pas aussi intéressantes que la première. Maintenant, je savais comment cela se passait et n'en tirais pas un plaisir exagéré. Notre couple s'était institutionnalisé, et nous passions de mon divan au sien, sans heurter les bonnes consciences ni choquer les pudeurs alentours.

Je m'étais inscrite en fac de lettres, préparais mes examens avec soin, mangeais des macarons fourrés et retrouvais Patrick tous les samedis soir. Nous allions au cinéma en couple, en surprise-partie en couple, au restaurant en couple et dormions à deux. Prise d'une soudaine crise de fidélité, j'avais supprimé tous les autres petits copains qui auraient pu porter atteinte au bon fonctionnement de notre vie conjugale. D'instinct, je me réglais sur le modèle papa-maman proposé dans toutes les brochures illustrées, sur la vie des humains. Mais, d'instinct aussi, je m'ennuyais. J'étais insatisfaite, mais je ne savais pas pourquoi. Alors, je faisais comme si. Comme si tout allait très bien. Comme si je n'avais pas d'avenir. Et puis, ça sert à quoi un avenir ? L'avenir c'est être à deux. Je suis déjà à deux.

Même si mon éducation avait été assez libre, par manque de papa-autorité-suprême, maman m'avait inculqué les bonnes manières qui supposent que, si l'on prend un amant, c'est pour le transformer en mari.

Et Patrick me manipulait déjà comme une petite épouse.

Toute la bonne vieille science des séances de flirt avait disparu. Je n'avais plus, au-dessus de moi, qu'un autrefois complice qui ahanait comme un métronome, prenait son plaisir tout seul et me laissait courbatue.

Je n'osais pas en parler à maman : je lisais, dans ses yeux, qu'avec un fac-similé du poster d'Alain Delon, ce ne pouvait être que ravissement au Ciel, poings qui martèlent les tempes et reins laboureurs.

En fait, je me mettais tout doucement à le haïr, à trouver sa superbe de mâle ridicule, à mépriser son petit plaisir, à redouter l'heure du coucher. Et moi, alors ? Qu'est-ce que je fais dans cette histoire ? De la figuration, sans plus. La huitième hallebardière, à gauche, c'est moi, et le jeune premier, qui reçoit toutes les azalées, c'est lui.

Il ne pouvait même pas me duper : depuis toute petite, je sais que le plaisir existe : à six ans, je me créais des frissons célestes en suçant des roudoudous et en écoutant la flèche brûlante, qui partait de ma langue pour aller se ficher dans mon talon. À huit ans, envoyée en colonie de vacances avec Philippe, pour laisser papa et maman résoudre en tête à tête leurs désarrois conjugaux, j'inventais des jeux pseudo-culturels où l'on s'écrivait dans le dos des lettres qu'il fallait deviner. Les yeux fermés sur mon plaisir, je faisais exprès de ne pas reconnaître le F malhabile que ma petite copine dessinait sur ma peau, afin qu'elle recommence encore et encore. À neuf ans, ayant enfin rencontré une complice, j'organisais des parties de caresses pendant que nos parents bridgeaient. Nous découvrions notre corps avec une joie et un étonnement illimités. Ramona (sa maman était argentine) laissait glisser son doigt mouillé entre mes jambes et je me recroquevillais sur son index, stupéfaite de ressentir une telle crampe de bonheur.

Tout était prétexte à plaisir. Je faisais des comptes rendus fidèles à Ramona qui, à son tour, me racontait et me donnait des idées. J'ai toujours pensé, depuis, qu'il suffit de se concentrer, très fort, sur une idée synonyme de plaisir pour que les frissons roulent en avalanche. À douze ans, mes parents me firent faire de la gymnastique corrective, sous l'égide d'un quinquagénaire très propre, qui déclencha chez moi une découverte fascinante : le plaisir d'être manipulée.

M. Hector venait tous les mercredis soir, à six heures trente précises. Anodin, avec son petit cartable, son pardessus à carreaux, ses lunettes qui lui pinçaient nez et respiration, et son survêtement. Et pourtant ! Son arme secrète était le fil à plomb. Au début de chaque séance, il me mesurait l'aplomb du dos pour savoir si j'étais en progrès ou non. Moi, le menton penché, concentrée sur ce qui allait venir, je voyageais entre ses mains, pendant qu'il prenait des marques au centimètre et mettait des notes à ma scoliose. Le fil à plomb se balançait et la pointe Bic, qui marquait des repères sur mon dos, ajoutait aux frissons qui montaient, montaient, avant de transpercer le point vital de mon organisme, dont j'ignorais encore toute l'importance. Ses mains froides corrigeaient une vertèbre, et je m'imaginais belle princesse, arrachée à l'affection des siens, vendue quelque part en Arabie Saoudite.

Sensualité parfaitement clandestine, prescrite et remboursée par la Sécurité sociale.

Ramona et moi, nous profitions de l'ignorance des adultes pour tailler au coupe-coupe un passage libidineux dans notre quotidien. Car, M. Hector s'appliquait, aussi, à rectifier la colonne de Ramona. Cette dernière s'échinait à découvrir de nouvelles sensations, inconnues sur mes registres. Neutre et appliqué, M. Hector jugeait et corrigeait, objet malgré lui d'un débordement de fantasmes. Il ne sut jamais quels délires il déclenchait chez ses petites élèves : nous reprenions nos airs impénétrables dès que les séances étaient terminées. Il dut interrompre notre rééducation, victime d'un infarctus.

Je n'allais pas, maintenant, à l'âge des expériences vécues en direct, laisser un jeune homme mal documenté bousiller ma sensibilité. Aussi, un soir, la tête farcie de rouleaux roses et bleus, qui séchaient pendant que mon piètre amant me lutinait, je décidai de faire une mise au point. Alors qu'il était parvenu au degré suprême de jouissance, avec désordres de l'âme et retour au règne animal, et qu'il me demandait dans une ultime formalité de politesse : « C'est bon, hein ? », j'éclatai du rire le plus sonore que je pus trouver et lui répondis, sans délicatesse aucune : « Mais je ne sens rien, je ne sens rien du tout, tu peux toujours continuer, je ne sens rien… »

Prise par la mélodie martelée de ma déclaration, je la répétai jusqu'à ce qu'il devienne tout mou, tout bête et que, rejeté sur le côté, il me demande des explications.

Je lui dis alors que, depuis nos premiers ébats, je passais mon temps à attendre qu'il en finisse, cramponnée à mon oreiller pour ne pas tomber.

Lui, qui s'était déjà octroyé les titres de Masters et Johnson particuliers, affectés à ma personne, laissa passer quelques moments solennels.

– Eh, ben, alors !

Il n'était plus Tarzan le roi du frisson, l'expert en orgasmes répétitifs, mais un zéro en dodo, un minable de l'extase. Toutes ses illusions s'écaillaient et il répétait : « Eh, ben, alors ! », les yeux dans le vide.

Il resta silencieux un long moment, puis décida de reprendre le dialogue sérieusement. Depuis quand ma frigidité s'était-elle déclarée ? (C'est moi qui devenais frigide !) Qu'est-ce qui n'allait pas exactement ? Où ? Combien de fois ? Et là ? Ça va ?

J'avais l'impression d'être découpée en tranches géologiques. Il se répandait en suppositions pour trouver le déclic rouillé de mon manque de chaleur. Après avoir mis côte à côte nos impressions, il décida de tout reprendre à zéro afin de surprendre l'épisode coupable dans le déroulement de nos ébats. J'étais tout à fait d'accord. Je voulais savoir ce qui pouvait se passer de si exaltant pour que cela nourrisse des tomes entiers de romans, provoque des accidents, des suicides, des divorces, des esclavages.

Ce soir-là, j'ôtai mes rouleaux, et commençai le chapitre « Baisers variés » sans autre attouchement que celui de ses lèvres sur les miennes. Puis, il y eut affleurements chastes, caresses des zones érogènes nobles, puis de celles inférieures, succions diverses, variantes répertoriées et, enfin, répétition générale. À chaque samedi soir son programme.

Six semaines plus tard, mes nuits étaient boréales et mon attente, exacerbée par les chapitres précédents, se muait en supplique pour me faire sauter.

L'amour allait, enfin, devenir une fête.

Le système d'éducation de maman n'avait jamais été bien défini et, bien qu'elle nourrisse dans sa tête de nombreux programmes pédagogiques, toutes ses résolutions disparaissaient devant le cas particulier qu'on lui exposait.

En théorie, elle était imbattable et aurait sûrement condamné toutes les libertés qu'elle m'accordait quotidiennement. Mais, dépassée par la vitesse de ma croissance et saisie d'une curiosité indécente, elle me laissait vagabonder, en disposant au hasard quelques pare-chocs, censés me canaliser. Un peu de catéchisme, avec crèche à Noël, aumônier familial et récompenses de bonnes actions. Un peu de morale. Beaucoup de quant-aux-autres…

Ainsi avait-elle deux ou trois familles modèles où les enfants étaient sages, studieux, immaculés. Elle nous emmenait les visiter régulièrement pour que nous prenions exemple. Je lui rétorquais qu'il n'était pas étonnant que ces enfants soient si aseptisés vu leur grande ingratitude physique. Elle soupirait : elle savait bien que j'avais raison.

L'éducation maternelle comportait aussi un chapitre intitulé : « Messe du dimanche matin ». Tous les dimanches, à onze heures, maman, Philippe et moi, en habits de lumières, nous nous rendions à la chapelle voisine pour démontrer que nous n'étions pas devenus mécréants, même si notre famille s'était dispersée. Les vertueuses assidues du premier rang nous regardaient, en soupirant : « Si c'est pas une tristesse quand même… », et nous faisions la queue, les doigts pieusement croisés, pour recevoir le Dieu vivant.

Catéchisme, messe, deux ou trois leçons de sciences naturelles sur le thème « Comment ne pas attraper ou fabriquer des bébés non désirés », des lectures édifiantes, de Berthe Bernage à Victor Hugo (désespérément chaste dans la plupart des livres qu'on me donnait à lire), et, les jours de crise où elle sentait son autorité diminuer : la vie des saints.

Alors, j'apprenais comment une petite Italienne convaincue avait préféré la mort au viol (elle fut béatifiée par le Saint-Père et mise sur la liste d'attente des saints) ; comment une petite Indienne au nom impossible, Katarina Etkawita, grilla sur un bûcher pour avoir refusé d'embrasser les amulettes bidons de sa tribu ; sans oublier bien sûr le bon curé d'Ars, le très doux Dominique Savio et l'ennuyeuse Catherine Labouré. J'aimais bien lire ces vies de saints, car elles se finissaient toujours très mal. Je raffolais plus particulièrement des scènes de supplice où l'héroïne, livrée aux sauvages, me rappelait les délicieuses et troublantes séances de M. Hector. Je grillais de plaisir sur le bûcher indien, jouissais en silence sous les coups de l'horrible séducteur italien et achevais ces péripéties dans les plus grands désordres de l'âme.

Mais maman devait penser que toutes ces lectures édifiantes me remettraient, à l'occasion, dans le droit chemin quand je serais plus grande et confrontée au péché.

Le reste se débattait, dans sa chambre, entre deux tasses d'hysope fraîche envoyée par ma grand-mère d'Avignon. La règle implicite étant : « On se fait confiance, tu me dis tout. »

Pas de permission de minuit à respecter, chronomètre au poignet, mais des colloques ouverts qui devaient me tenir lieu de morale, de conseils pratiques et qui, surtout, permettaient à maman de se souvenir de sa jeunesse, des chambres d'étudiants jamais consommés et aujourd'hui regrettés.

C'est dans sa chambre qu'elle décida que ma vie sexuelle ne devait, en aucun cas, être perturbée par des problèmes de contraception mal vécue : il fallait que je prenne la pilule.

Toutes ces grandes déclarations de liberté et droits de l'homme étaient accompagnées, chez maman, d'un indissociable sens pratique et d'une condition inflexible : que je marche tout droit à la course aux lauriers, que je décroche diplômes et bonnes notes avec la même ferveur que je passais des nuits amours-délices et orgues. La voie du dévergondage devait emprunter celle des universités.

Dès l'âge de l'avant-bac, je pouvais rentrer à quatre heures du matin, les mocassins à la main, et tomber nez à nez avec une des insomnies maternelles, si je pouvais brandir parallèlement un 16 en composition ou une croix d'honneur, mon état tardif passait complètement inaperçu. Mais, que ma moyenne baisse d'un point, et l'indulgence maternelle fronçait le sourcil. Depuis le tracé des voyelles, je n'avais qu'un poteau en tête : une scolarisation digne du Shakespeare par cœur de mon grand-père. Après, on verrait ; mais, sans diplôme, il était entendu que je n'étais bonne à rien.

Pour que je sois dans les meilleures conditions scolaires, maman m'avait inscrite chez les dames augustines, pensionnat de jeunes filles bien douées et bien élevées, qui faisaient de leur mieux-mieux-mieux pour être dans les premières. En jupe plissée bleu marine et col blanc, nous nous promenions en rangs dans les couloirs et dans les rues. Interdiction de mâcher un chewing-gum ou d'avoir une chaussette qui gondole. Une révérence à l'entrée, une à la sortie, devant la demoiselle augustine qui ouvrait et fermait la porte d'entrée et notait les retards. Un cahier de textes bien tenu et des études à peine orientées. C'est ainsi qu'en dernière année de mes humanités, je savais tout sur Péguy, Barrès, Claudel (encore que la vitalité de ce dernier soit assez mal vue) et presque rien sur Sartre (que, dans ma totale ignorance, j'écrivis Sarthe durant toute une dissertation), Gide et Camus (qui auraient pu nous donner des envies hérétiques). Le chapitre de la reproduction humaine était vite bâclé, mais on s'attardait voluptueusement sur celle du coquelicot ; le pédoncule végétal offrant plus de discrétion que les organes génitaux humains.

Heureusement, j'avais Ramona à mes côtés pour bousculer la vision asexuée de la vie que nous proposaient les dames augustines. Ramona, qui m'offrait son frère Yves en travaux pratiques, le lit de ses parents en champ d'essai, et toutes ses envies en prologue.

Ramona avait le même âge que moi, était née le même jour et arborait le même grain de beauté sous le sein gauche. Je l'avais rencontrée chez les dames augustines où, à l'âge de six ans, elle m'énervait prodigieusement à essayer de me piquer toutes les places de première. C'était la lutte dents serrées, les coups de rétroviseur par-dessus le tablier pour savoir où se situait l'autre pendant les compositions, et s'il n'y avait pas risque de copie. À force de se surveiller, on finit par se nouer d'amitié. De la rivalité de bûcheuses, on passa aux confidences de petites filles. Mes parents, qui communiquaient mal, l'intéressaient vivement et me rendaient importante à ses yeux. J'avais, à travers eux, m'expliquait-elle, un sujet passionnant à observer. Chez elle, de ce côté-là, ce n'était pas très palpitant.

Ramona avait la beauté pointue des petites filles en avance pour leur âge. Elle n'avait jamais trouvé le moindre intérêt aux poupées laquées et rimmelisées qu'on lui offrait les jours de fête. Elle préférait observer le monde des adultes. Elle se créa peu à peu un absolu qui n'appartenait qu'à elle, où elle évoluait parfaitement à l'aise.

Pas très grande, toute menue, la peau mate, elle posait sur les gens un regard lourd qui leur faisait tourner la tête ou interrompre leur conversation. Ramona voulait tout connaître, tout savoir avant de mourir et, prétendait-elle, « je mourrai jeune ». Ses pressentiments morbides m'effrayaient mais je n'osais rien dire de peur de manquer à son romantisme, qui voulait qu'à vingt ans on crache son dernier soupir dans un mouchoir en batiste. Ramona lisait beaucoup et n'importe quoi. Ses parents, trop absorbés par leurs affaires et leurs relations, la laissaient entièrement libre. Elle avait un frère, Yves, de deux ans son aîné, et son complice.

Un jour où nous rentrions de l'école, Ramona s'immobilisa brusquement sur une bouche d'égout et me montra, d'un doigt pénétré d'importance, le nom de son père gravé sur la plaque en métal. « C'est mon papa qui a mis au point ce système d'égout, me déclara-t-elle. C'est lui qui a breveté la clé à mollettes pour égouts parisiens. C'est pour ça que nous habitons un si bel appartement et que maman porte de longues robes du soir et des bijoux de toutes les couleurs. »

Le rapport entre les plaques d'égout et les tenues de la maman de Ramona ne m'était jamais venu à l'idée mais, depuis ce jour-là, je n'osais plus marcher sur une bouche d'égout sans avoir l'impression de pénétrer dans son intimité.

La maman de Ramona était belle, grande, avec de larges épaules et des cheveux blonds qu'elle ramenait en bandeaux sur les oreilles. Je trouvais cette coiffure très distinguée et essayais de persuader maman de l'adopter. Elle me parlait très gentiment, bien que j'aie toujours eu envie de me retourner pour voir s'il n'y avait pas quelqu'un derrière moi. Elle était suivie partout d'un petit renard argenté qui portait son sac et ses aiguilles à tricoter.

De temps en temps, elle venait s'asseoir dans la chambre de sa fille et nous regardait nous amuser d'un air satisfait et triste. Puis, elle se levait, prononçait quelques mots dans une langue que je ne comprenais pas, nous embrassait sur le front et repartait, suivie de son renard apprivoisé. Elle ne parlait presque jamais, disait à son mari : « Albert, voulez-vous me passer le pain, s'il vous plaît, Albert ? » et souriait comme si elle était dans la pièce d'à côté. Le père de Ramona ressemblait à un réfugié roumain qui porte des costumes de charité et un lourd pistolet dans sa poche. Il devait sa formidable réussite financière à son brevet de clés à mollettes pour égouts qu'il avait longuement mis au point dans un petit atelier de la banlieue parisienne. L'argent lui avait tout apporté d'un seul coup, et il semblait, parfois, complètement dépassé par les conséquences de sa découverte. Mais il lui arrivait aussi de nous prendre sur ses genoux et de nous chanter de vieilles berceuses avec les yeux tout humectés. Ses longs favoris nous chatouillaient les joues, mais nous n'osions rien dire par égard pour sa science. À ces moments-là, je comprenais que la belle maman de Ramona ait eu un signal au cœur pour lui.

Maman n'aimait pas beaucoup mes relations si serrées avec Ramona. Si Jamie et elle avaient joué au bridge avec les parents de Ramona, ils avaient vite arrêté à cause de leur divorce, et maman n'avait pas eu le temps de se laisser toucher la raison par le charme de ce couple étrange. Mais moi, je les aimais, et le soir, quand je m'endormais, je rêvais que j'étais au milieu d'eux et du renard argenté.

Un après-midi où j'étais invitée chez Ramona, je me retrouvai dans les jupes d'une dame blonde, couverte de bijoux qui lançaient des flammes. J'entendis dire qu'elle était de passage à Paris et qu'elle venait voir sa filleule, Ramona. J'entendis dire aussi que ses poumons allaient de mal en pis et que la situation était tout à fait critique. La belle dame avait un fort accent étranger, un sourire très fatigué et occupait toute l'entrée avec sa large jupe en taffetas noire. Elle avait les mains pleines de nœuds dorés et ne pouvait s'empêcher de distribuer des cadeaux autour d'elle. Toute la famille était assise en rond, un mouchoir dans la main et le nez rougi. Elle me fit signe d'approcher, me demanda mon nom, ma date de naissance et ce que je voulais faire plus tard, quand je serais grande. Puis, elle me serra très fort contre elle et me murmura : « Prie très fort pour Évita, mon petit. » Je retournai m'asseoir, très touchée et impressionnée, consciente qu'il venait de m'arriver quelque chose d'important. Quand tous les cadeaux et les baisers furent distribués, un chauffeur galonné s'approcha et annonça qu'il était temps de partir.

La belle dame blonde embrassa Ramona dans une étreinte-résumé de tout son amour, et lui demanda de bien penser à sa marraine d'Argentine même si son chemin ne devait plus jamais repasser par Paris. Ramona avait son regard brûlant et fanatique. Elle lui répondit que, d'ici quelques années, elles se rejoindraient dans l'éternité.

Je rentrai à la maison et priai très fort pour que les poumons de la dame blonde se rétablissent rapidement. Quelques semaines plus tard, Ramona reçut une enveloppe bordée de noir, d'Argentine, et pleura beaucoup. Je pleurai aussi, sentant que je participais à une douleur qui me dépassait et m'agrandissait.

Nous traversâmes alors, Ramona et moi, une période morbide où nous jouions dans les caves et traînions dans les cimetières. Elle se prit d'une passion irrésistible pour les bébés et les vieillards, m'expliquant qu'il n'y avait que les plissés et les ridés qui étaient près de Dieu. On alla chanter Noël dans un hospice de vieux, sous la direction de la chorale des dames augustines, et Ramona fut tout émue de voir tant de « près de Dieu » au mètre carré. Ce jour-là, elle eut l'impression de rejoindre sa marraine.

Nous grandîmes serrées l'une contre l'autre. Nous étions dans la même classe, nous partagions les mêmes jeux, la même curiosité, les mêmes désespoirs. Je me trouvais d'une banalité affligeante, avec ma poitrine plate, mes jambes trop longues et mes genoux en dedans. Mes cheveux étaient châtains, mes yeux aussi et mes dents se poussaient en avant…

Ramona, elle, se voyait toute noire et rêvait de la blondeur distinguée de sa mère. Plus petite et plus menue que moi, elle bourrait ses chaussures de papier buvard pour gagner quelques centimètres, et se bloquait des barres de coton dans les joues pour avoir l'ovale gracieux de sa mère.

Ce n'est que plus tard, remarquant le nombre d'exhibitionnistes collés à nos cartables, lorsque nous rentrions à la nuit des dames augustines, qu'il nous vint à l'esprit que, faute d'être des pages de magazine, nous avions sûrement autre chose qui attirait. Le plus dur fut de trouver quoi. Cela nous prit du temps et beaucoup d'argent de poche.

À seize ans, j'étais toujours châtain et longue. Mais mes dents rectifiées par un appareil s'étaient alignées, mes genoux décollés et mes seins un peu développés. Les angles avaient pris des rondeurs, je marchais sans heurter les portes de plein front. Ramona, aussi, était devenue plus moelleuse. Sa noirceur s'était transformée en peau mate et bronzée. Elle avait coupé ses cheveux très court, pour se donner un genre. Le principal, m'expliquait-elle, étant d'imposer son style, de garder la pupille brillante et la démarche décidée.

Ramona détestait les choses ordinaires. Elle s'acharna, durant toute notre adolescence, à faire jaillir l'insolite. Mon solide appétit de vivre faisait quelquefois bifurquer ses expériences, mais elle ne m'en voulait jamais. J'étais l'inconnue qui fait échouer les équations mais permet de repartir dans une autre direction.

Elle avait décidé, dès notre puberté, que nous perdrions notre virginité, tous les trois, Yves, elle et moi, dans le grand lit de ses parents, tout près de la photo d'Évita. Je pulvérisai son fantasme en faisant l'amour bêtement avec Patrick, un soir de laisser-aller. Cette banalité l'exaspéra puis l'intéressa. Cela lui permettait d’en savoir davantage sur cet amour vulgaire et facile qu’elle voulait ignorer, se réservant pour des frissons plus alambiqués.

Patrick et elle n’ayant aucun sujet de conversation, j’évitai de les mettre en présence et les rencontrai séparément. Surtout que…

Par le plus grand des hasards biologiques, mes rapports avec Patrick prirent un tour passionnel, et ceci tout à fait à notre insu.

Un soir où nous étions en pleines délices, Patrick se leva et, me portant tout autour de lui entortillée, me fit l'amour debout, me laissant glisser et remonter le long de son sexe… Ce soir-là, dans ma petite chambre bien rangée, je crus mourir d'orgasmes. Je n'étais plus qu'une crampe de plaisir, les orteils retroussés, les dents arrachées et un nœud papillon gigantesque au milieu du corps. Je hurlai tant qu'il dut me bâillonner de la main, sinon maman et Philippe seraient accourus pour savoir quelle était l'origine de cette explosion de bonheur par-delà leurs cloisons. La main appuyée sur ma bouche me rappela les séances de M. Hector et tripla mon plaisir. Lorsqu'il se mit à jouir, lui aussi, tout en silence, impressionné par mes réactions, et qu'il me reposa à terre, je me répandis en large flaque à ses pieds. Je restai sur le tapis, hébétée, pendant quelques minutes et m'y serais endormie s'il ne m'avait pas hissée sur le lit.

J'étais frappée d'amour le plus sordide : celui du ventre. Prête à lui lécher l'entre-doigts de pieds, à lui poser tout mastiqué son steak-pommes frites sur les lèvres, à dormir roulée à ses bottes. N'importe quoi pour qu'il recommence à me baiser de la sorte. Pour garder cette crampe en moi jusqu'au trépassement final. Domptée par un direct au Ciel…

Patrick se muait en drogue, en divinité. Ses yeux s'éclairaient de rouge et de bleu, ses cheveux poussaient, il était saisi de lévitation transcendantale.

Ce soir-là, je m'endormis, épuisée, confondue en remerciements. Lorsqu'il se réveilla, le lendemain matin, il me serra très fort contre lui. J'étais peut-être devenue esclave mais, lui, semblait interdit et pétrifié. Nous n'osions plus bouger de peur de rompre l'enchantement… Le jour perçait à travers les volets. Le décor n'avait pas changé, le lit était toujours aussi étroit et, bientôt, le petit déjeuner allait arriver sur nos mines recueillies.

Pendant quelques jours, je fus étrangement égarée, incapable d'expliquer mon état à maman. J'essayai, pourtant, de lui mimer mon extase avec des soupirs, des frissons, des tortillements et, pour finir, une sorte de crise d'épilepsie ; elle ne comprenait pas de quoi je souffrais.

Pour maman, l'orgasme relevait bien, en effet, d'une crampe, mais d'une crampe normale. Pas de quoi se mettre en transes.

Ramona ne fut pas plus explicite : toute cette histoire provenait d'une position gymnastique adoptée par Patrick et non d'une vertu magique de son anatomie. Elle trouvait mon ravissement très vulgaire, me suppliait de me reprendre, sinon je finirais par perdre tout esprit et toute identité.

Seule, ma vieille tante Gabrielle, la sœur de ma grand-mère d'Avignon, qui, disait-on dans la famille, avait « beaucoup vécu », comprit mon état de grâce.

Un après-midi où j'étais allée chez elle, elle m'interrogea sur mon visage absent et mes pupilles éparpillées. Je lui racontai mon aventure.

Elle me laissa terminer puis, après m'avoir filtrée à travers ses paupières et s'être laissée aller tout contre le dossier de son fauteuil en osier, elle me raconta son histoire.

– Tu sais, Sophie, j'avais vingt-quatre ans, deux petites filles et un mari, honorable banquier, lorsqu'un jour vint dîner à la maison un de ses clients. Lorsque je vis cet homme pénétrer dans la salle à manger, je me mis à rougir violemment. J'eus chaud dans tout le corps et passai le dîner à tressaillir dès qu'il me regardait. Il sentit mon trouble, et un après-midi où je sortais de chez ta grand-mère, je le rencontrai dans la rue. Il m'offrit son bras et proposa de me raccompagner. Je m'endormais tous les soirs en pensant à lui. Il s'enhardit à me fixer rendez-vous, je protestai violemment que ses avances m'importunaient, qu'il ne devait plus jamais me revoir. Mais j'y allai. Et quand nous nous retrouvâmes enlacés sur son lit, j'eus comme une boule de foudre dans le corps. Ce jour-là, je crus mourir et, après, je ne fus plus jamais la même. J'ai quitté mari et enfants pour suivre cet homme. J'étais heureuse dans ses bras, écrasée de remords dès que mes forces revenaient… Je ne m'appartenais plus. Un jour, il est parti, sans rien dire. J'ai mis beaucoup de temps à me reconstruire. Tu sais, mon enfant, ce plaisir-là est rare mais j'ai toujours ardemment souhaité que mes filles ne le connaissent jamais car, lorsque tu t'abandonnes ainsi, tu es perdue pour toi et les autres. Et il te faut bien du courage pour exister quand même…

Tante Gabrielle avait posé sa tasse, songeait, secouée de frissons-souvenirs. Un sourire flottait doucement sur ses lèvres, sa nuque se penchait et son corps se laissait aller dans le corset trop rigide.

Elle murmura :

– Frédéric.

Sa vieille pendule de cheminée sonna cinq heures. Elle se réveilla, secoua ses dentelles et me caressa la joue.

– Tu as beaucoup de chance, mais sois vigilante…

Quand j'avais la tête fragile, que je ne savais plus dans quel sens tournait la mappemonde, j'allais voir tante Gabrielle dans son trois-pièces biscornu de l'impasse Maupassant. Entre ses deux chats et ses plantations de pépins de pamplemousse et de graines de pommes de pin, elle passait un peu de verveine sur mon chagrin. Ses petits pains au lait et son café qu'il ne fallait pas boire debout, « ça va droit à la tête et ça rend fou », remontaient mes sangs et viraient mes humeurs malignes. Tante Gabrielle était cosmique. Reliée au monde par des racines, des branches et des mousses qu'elle agitait par-dessus les voilettes de ses chapeaux feutre, et qui garantissaient aux visiteurs paix et tranquillité d'esprit. À travers la révélation du péché-plaisir, elle avait connu toutes les voluptés de l'écorce terrestre, appris à parler aux baleines et aux alligators, à guetter les lunes rousses et les équinoxes, à transporter son pliant pour les grandes marées sur les quais de Barfleur. Elle savait comment détendre un visage en y passant les mains, chasser les mauvais rêves en massant les tempes.

La famille l'avait rejetée. Mais les enfants et petits-enfants de ses frères et sœurs avaient voulu connaître cette tante originale dont on ne prononçait jamais le nom à table et que, seuls, les oncles évoquaient, au fumoir, avec un brin de paillardise dans l'œil. Ils auraient bien aimé, eux, envoyer une tante Gabrielle au ciel, au moins une fois, dans leur vie au plaisir bien propre et organisé. Mais tante Gabrielle n'avait plus droit aux repas d'anniversaire. On lui envoyait sèchement ses dividendes à la fin de chaque mois, sans se douter qu'elle connaissait toutes les histoires de la famille de la bouche même de ses neveux et nièces.

Pour nous, tante Gabrielle était magique. Ses yeux parcheminés et ses sourcils en parapluie devinaient tout. Elle commençait à parler des graines de pommes de pin ou des noyaux d'abricot, avant d'aborder le sujet de notre nostalgie. Elle évoquait alors un épisode de sa vie qui ressemblait à l'embarras du moment. Je la soupçonnais d'inventer. Pour nous faire plaisir. Pour nous dire en morse de l'âme : « Tu vois… tu n'es pas seule à souffrir… Moi aussi en 1923… »

Avec elle, je n'étais plus un problème à deux inconnues, une équation impossible à résoudre. J'étais posée sur des coussins, et elle m'écoutait. Toute l'infortune du monde disparaissait.

Elle me glissait des médicaments à elle. Sans chimie ni ordonnance :

– Quand tu sens que tout te regarde de travers, que tu perds le fil de la réalité, regarde le ciel au-dessus de toi. Regarde-le dans ses moindres détails. Dis-toi qu'il n'est pas seulement bleu ou gris mais qu'il est grand, que c'est le même de Paris à Hong Kong. Prends-le dans tes bras, applique-le sur ta poitrine et tu seras soulagée…

De la fenêtre de tante Gabrielle on apercevait toujours le ciel.

C'est ainsi qu'elle avait pu garder la tête à peu près bien rangée et les nerfs en ordre deux par deux.

– Parce qu'autrement, lorsque j'ai quitté mes deux petites filles et ma maison pour suivre un inconnu au col dur, j'aurais eu mille occasions de pleurer jour et nuit. Regarder le ciel, toucher les arbres, attendre que mes noyaux poussent m'a fortifié l'âme et m'a conduite dans un monde inconnu, plein de douceurs. La vie n'est pas toujours là où tu crois, petite fille. Observe autour de toi, tout est vie, tout est réconfort. Mais tu ne te donnes pas le temps de regarder, tu vas trop vite. L'impatience est la forme moderne du démon, la patience l'art suprême de vivre…

La découverte d'une crampe qualité supérieure rendit Camille perplexe. Si elle était restée si longtemps enlacée à Jamie Forza, c'était, en grande partie, parce qu'il avait l'art et la manière de la crampe.

Camille rencontra Jamie Forza à un bridge chez Mlle Loncoin, fille du notaire Loncoin. Elle était en train de tenter quatre carreaux périlleux lorsque, perdue dans ses supputations ludiques, elle leva la tête et aperçut Jamie Forza à la table d'en face. Jamie Forza, qui la fixait, sourire aux lèvres, et qui semblait se rire de son dilemme.

Beau à en baisser les yeux, bien qu'il n'ait rien de particulièrement remarquable dans le visage. Un nez plutôt long et osseux, des grandes dents toutes blanches, des yeux bleus et des cheveux châtains. Mais une manière de vous regarder, d'enfoncer les mains dans ses poches, de passer les doigts dans sa mèche, de fumer une cigarette ou de nouer son écharpe qui vous interdisait définitivement de l'oublier. Ce soir-là, quand Jamie déplia son mètre quatre-vingt-dix pour prendre congé de Nicole Loncoin, Camille se sentit abandonnée. Elle vécut dans l'attente de revoir Jamie Forza, barra tous les autres prénoms masculins de son petit carnet mais, superstitieuse, n'osa calligraphier celui de son bel Italien.

Elle le revit place de l'Horloge, lui dédia une fossette câline. Il lui répondit. Il prit l'habitude de la raccompagner après ses cours, la liberté de lui écrire quelques lignes d'amour puis celle de l'embrasser, appuyée contre la poignée en cuivre doré de la porte d'entrée.

Jamie savait séduire, envoyer des fleurs, piloter une voiture à cent à l'heure, réussir des grands schelems contrés et parler des gondoliers de Venise. Camille l'écoutait, fascinée. Mais, ligotée par la vertu de ses longues années de guide, elle n'osait s'abandonner tout entière aux bras de Jamie.

Il lui proposa de l'épouser. Elle soupira un oui de plaisir et courut prévenir grand-père.

Un après-midi de juin, Camille, tout en blanc, avec un chapeau aile de poulet sur la tête, et huit demoiselles d'honneur, fut conduite à l'autel par son père. Là, Jamie s'engagea solennellement à l'aimer, la protéger et l'entretenir toute sa vie.

La valse et le champagne terminés, ils se glissèrent dans la Morgan décapotable de Jamie à laquelle on avait accroché une pancarte : « Just married. Ne déranger sous aucun prétexte. » Camille n'était pas sûre que cela soit du meilleur goût.

Jamie avait choisi l'Italie pour leur voyage de noces : c'était le berceau de sa famille, le *sine qua non* de son for intérieur… Et puis, il avait envie de déclamer son amour en italien.

En quittant Avignon, Camille confia à Jamie toutes ses économies et l'argent que grand-père avait offert au jeune couple pour agrémenter l'ordinaire. Elle sacrait ainsi Jamie véritable chef de famille, et il sentit la responsabilité lui étreindre le cœur.

Il avait réservé une chambre dans un petit hôtel avec d'épaisses cloisons et un concierge discret, afin que Camille ne soit pas troublée par des détails anodins. L'escalier était étroit, les marches trop cirées, l'odeur d'encaustique rassurante.

Jamie posa les deux grandes malles sur un porte-bagages, ferma les rideaux, visita la salle de bains et les toilettes, puis toussa un peu, pour exprimer que le moment était venu où, loin des chaussures vernies qui serrent le pied et des vieilles tantes à embrasser, ils allaient enfin pouvoir être nus. Il prit Camille dans ses bras, la berça quelques instants, l'étendit doucement sur l'édredon fleuri et passa un doigt dans son petit tailleur demi-saison. Camille attendait. Elle savait qu'il est de bon ton pour une jeune fille élevée avec leçons de piano et bicyclette Élégante de rester sur sa réserve. Juste un petit sourire d'encouragement pour ne pas perturber le bon fonctionnement de Jamie.

Lorsqu'ils furent enfin l'un contre l'autre, et que Jamie se décida à commettre l'irréparable, il fut tout étonné de déflorer Camille guide de France comme Georgette, la petite arpenteuse de la rue Clemenceau. Il fut si troublé qu'il oublia totalement qu'il était en nuit de noces et fit l'amour à sa jeune épouse comme à Georgette experte.

Camille découvrit un plaisir raffiné et encourageant la nuit où toute vierge épelle ses premiers frissons.

Une fois remis de ses vertiges, Jamie, étonné, demanda à Camille la raison de cette absence totale de vertu. Camille lui sourit doucement et lui apprit que, si elle n'était plus intacte matériellement, ce n'était pas par pratique déraisonnée du vice, mais en raison d'une anomalie familiale qui privait toutes les femmes d'hymen. Son arrière-arrière-grand-mère, Antoinette, avait recueilli et soigné une gitane en mauvais état. En remerciement, cette dernière avait promis à Antoinette que, pendant quatre générations, les femmes de sa descendance ne souffriraient point de défloration sauvage et passeraient une nuit de noces sans taches de sang ni hurlements. Camille était la dernière à profiter de ce privilège plastique.

Jamie se reprocha vivement d'avoir établi si vite un rapport entre la constitution de Georgette et celle de Camille. Il la serra dans ses bras en lui demandant pardon d'avoir douté d'elle. Camille, heureuse et alléchée, s'endormit contre la poitrine de Jamie rêvant à un avenir de lit à deux et d'édredons de caresses.

Le lendemain, ils continuèrent leur route vers l'Italie. Ils visitèrent tous les musées de Florence. En bâillant. La fatigue des nuits et des kilomètres les rendait un peu distraits. Ils dégustèrent des saltimbocca et des spaghetti verdis à Bologne dans un restaurant à signatures célèbres où chaque photographie représente un homme illustre, la panse pleine, congratulant un autre homme illustre, le ventre sortant des bretelles.

Ils firent scrupuleusement le tour de la tour de Pise, se perdirent dans les rues ocre et rouge de Ferrare, essayèrent d'escalader la grille d'une maison abandonnée, et arrivèrent enfin dans les gondoles et les lacis de Venise la belle.

Jamie parlait en faisant tourner doigts et poignets, et était pris d'accès d'italianismes effrayants où, les paupières révulsées et le langage ordurier, il poursuivait de ses imprécations toute personne qui manquait de respect à Camille.

Camille se sentait personnalité importante et tapis

rouge. Elle remerciait Jamie de lui faire tant d'honneurs et se félicitait d'avoir épousé un homme qui possédait un tel impact social.

Ses nuits étaient toutes aussi somptueuses. Elle montait et descendait au ciel dès que Jamie posait son long doigt sur sa nuque à friselis châtains. Elle tremblait quand il dégrafait un à un les boutons de son corsage, et exhalait de petits cris quand il la caressait.

À Venise, ils rencontrèrent sur un pont un bel Italien à la moustache fine comme peinte, qui parlait tout fort de ses affaires et de ses bénéfices miraculeux. Il savait comment faire fortune dans cette période d'après-guerre. Camille et Jamie l'écoutèrent. Camille montra du doigt à Jamie l'énorme bosse de billets verts qui déformait la poche du beau harangueur.

Quand l'homme vit qu'il était écouté, il s'approcha de Camille et Jamie et, les saluant très bas, se présenta :

– Mario Gondolfi…

– Enchantée, répondit Camille.

Jamie et Mario Gondolfi se mirent à parler. Mario raconta comment, en prêtant de l'argent à de vieux nobles ruinés, à un taux d'intérêt très élevé, il doublait sa mise en un mois.

Camille ne trouva pas cela très honnête mais ses yeux brillaient de convoitise. Jamie reprit alors la conversation en lui donnant un tour plus personnel, plus sérieux.

Il fit affaire avec Mario Gondolfi. Lui confia la moitié de son argent et ses espérances de devenir riche.

Mario Gondolfi lui laissa un reçu, une carte de visite avec ses nom, adresse, numéro de téléphone, et leur fixa rendez-vous pour la semaine suivante.

Le lendemain, lorsque Jamie, sur les conseils de

Camille, appela Mario Gondolfi, on lui répondit qu'il n'y avait pas de Gondolfi au numéro demandé. Si c'était pour une histoire de gros lot, de loto ou de gains faramineux, il ferait mieux d'aller tout de suite prévenir la police, afin qu'on retrouve cet escroc qui dépouillait les étrangers et donnait une si mauvaise image de marque à la Ville des Villes…

Ce jour-là l'univers de Camille bascula : elle arrêta de danser sa valse, fit deux pas en arrière et regarda son Prince Charmant comme un fieffé imbécile.

Comment pouvait-on engager à la légère tant d'argent quand on est chef de famille, responsable, devant Dieu et les hommes, d'une femme et de nombreux enfants à venir ?

Ils durent changer d'hôtel, manger des spaghetti sans viande, renvoyer les joueurs de guitare qui, pour quelques lires, leur chantonnaient un bonheur qui n'existait plus dans leurs cœurs. Camille boudait, marchait les yeux à terre, tirant la langue à la cathédrale Saint-Marc, refusant de s'asseoir à la terrasse du café Florian.

Jamie se promettait d'être, à l'avenir, plus sage. Plus responsable. Pour avoir trop longtemps vécu en France, il avait oublié qu'il existait en Italie des Mario Gondolfi hâbleurs et filous. Jamie souriait. Il était toujours en voyage de noces. Il pensait à tous les touristes qui avaient écarquillé leurs yeux et leurs porte-monnaie devant la machine à rêves de Mario Gondolfi. Jamie était heureux. Et Camille lui en voulait.

Elle regrettait le poste à galène et les cours de la Bourse de son père. Lui, n'aurait jamais confié un sou à cet escroc. Et, le soir, lorsque Jamie posait ses lèvres sur la petite veine qui battait derrière son oreille, elle n'escaladait plus le paradis sur édredon de baisers.

Mes relations avec Patrick changèrent complètement à partir du jour où je connus ce plaisir historique. Tante Gabrielle, maman et Ramona étant incapables de m'expliquer le pourquoi de ce bonheur intense, je dus m'orienter vers des recherches plus scientifiques.

Je me rendis à la Bibliothèque nationale où j'étudiai toute la correspondance des grandes amoureuses, de Sigismonde la Terrible à nos jours.

C'est ainsi que j'appris pourquoi la prude reine d'Angleterre, Victoria, était si attachée à Albert, prince consort. Un jour qu'elle prenait le thé chez son amie, la duchesse de Redford-on-Avon, et se plaignait de forte stérilité (cela faisait deux ans qu'elle était unie à Albert et que son ventre restait désespérément plat et sec), la duchesse lui suggéra de placer un coussin sous ses reins pendant l'acte d'amour, afin de retenir les spermatozoïdes fugueurs. La reine Victoria reposa sa tasse de thé et courut à Buckingham retrouver son cher Albert à qui elle chuchota la recette de la duchesse. Ce soir-là, quand le grand chambellan annonça le coucher de la reine, le prince Albert s'avança, tenant dans ses bras un petit coussin rouge rubis frappé des initiales et de la couronne royales qu'il plaça délicatement sous le bassin de son épouse. Puis il escalada le lit, fort haut, ce qui était d'ailleurs mal commode et ne favorisait pas les ébats improvisés, et vint se placer au-dessus de la douce et tendre Victoria qui, malgré ses bandeaux châtains lissés et ses yeux bleu chardon, ne l'excitait, malgré tout, que très moyennement. Ce soir-là donc, après les deux ou trois caresses de routine qu'on se doit d'adresser à toute dame à qui l'on présente ses hommages intimes, le prince Albert s'enfonça dans le bassin royal et, avec un mouvement de va-et-vient régulier, accomplit son devoir.

Il pensait à la chasse du lendemain, au collier qu'il faudrait mettre à Durham, son lévrier préféré, au cheval qu'il serait bon de referrer et au sirop contre la toux qu'il ne devrait point oublier de prendre avant de sonner l'hallali, étant toujours secoué de quintes de toux redoutables à ce moment délicat ; il pensait donc à mille propos quotidiens lorsque la très discrète Victoria fit entendre une longue clameur et fut prise simultanément d'une sorte de crise d'épilepsie, raide, le bassin arc-bouté et les yeux révulsés. Cela dura une minute environ puis elle se détendit, laissant couler le long de ses joues une lave tiède de reconnaissance éblouie. Albert se pencha et lui demanda, très chevaleresque, s'il lui avait fait mal ou si le coussin l'avait incommodée… Mais la reine ne savait que répéter : « Albert… Oh ! Albert… Si vous saviez… mon aimé. »

Le prince, fort désorienté, écrivit à son ami personnel le Dr Williams pour lui demander quelle pouvait être la cause de cette manifestation hystérique.

Je ne parvins jamais à trouver la réponse du Dr Williams mais lus plusieurs autres lettres du prince Albert où il décrit l'évolution de ce phénomène qui le déroute tant. Ce n'est que beaucoup plus tard, familiarisé avec le manque de retenue de son épouse, et prenant goût à cette débauche de sens et de caresses, que le cher Albert enverra une note au Dr Williams, le priant de considérer cette affaire comme close et discourtoise à évoquer.

J'étais arrivée à la crampe sans coussin royal ni Albert. J'éliminais par conséquent ces deux facteurs, et me penchais sur d'autres inconnues.

Patrick ne m'était d'aucun secours. Mais il continuait néanmoins à me procurer de grands frissons en me baisant à bout de bras, debout, mes jambes nouées autour de ses reins. Ce n'était qu'ainsi que je connaissais l'anéantissement suprême. Cette position verticale m'interdisait de prendre pour amant un être chétif, qui aurait été incapable de me propulser pendant de longues minutes le long de sa queue, sans perdre courage ni désir, sans rougeur ni signe inquiétant de hernie discale. Comme Victoria, condamnée à garder son coussin sous le bassin, j'étais condamnée à la station debout et à Patrick. Ce qui réduisait à néant toutes mes investigations sexuelles.

Nous nous mîmes alors à feuilleter, de concert, des catalogues de meubles, de maisons provençales et de barbecues automatiques. Patrick ferait des heures supplémentaires pour que je ne manque de rien. S'il avait choisi de persister dans la comptabilité, c'était parce qu'il connaissait mon goût modéré de l'économie.

Assis sur le canapé bleu lavande du salon, sous l'œil attendri de maman, nous nous tenions par la main et parlions à l'indicatif futur.

Je fus, bien entendu, présentée au papa et à la belle-maman de Patrick, que j'avais vaguement aperçus sur les galets de la plage, au temps de mes débuts libidineux.

Fils unique, adulé et partagé, Patrick m'introduisit, par une belle matinée d'avril, dans une salle à manger mi-Tudor mi-Barbès. Je jouai les petites filles bien élevées, évitai les gros mots, les coudes sur la table, et me modulai sur les désirs de la famille. Je sus rougir quand il le fallut, parler bébés avec attendrissement, évoquer les prénoms de nos futurs enfants. On me regardait avec bienveillance engloutir le bœuf aux carottes, et je ne soulevai dans leur esprit ni spasme ni appréhension.

Au café, j'étais devenue la fiancée de Patrick. Les voisins furent invités à me regarder de plus près et me rotèrent au nez en vidant leur calva. Blottie contre l'épaule de Patrick, je nageais dans un bien-être flou, où je n'existais plus par moi-même mais comme succédané.

Tous mes rêves de petite fille délurée s'étaient évanouis devant une crampe mystérieuse qui me conduisait tout droit au mariage. Je m'imaginais dans la petite chambre du deuxième étage, tendant de tissu fuchsia les murs de notre nid d'amour. Mon ventre s'arrondirait. Patrick ferait des additions supplémentaires. Le matin, avant de partir travailler, il m'apporterait mon café au lit et me planterait un baiser protecteur sur le front.

Cette petite vie bien dessinée me plongea dans un état si végétatif que je dus lutter pour ne pas m'endormir à table. Mon inquiétude perpétuelle avait quitté ma moelle épinière. Je me laissais aller sans craindre les remontrances de mon démon intérieur, un instant pris au piège et assoupi.

Seule Ramona haussait les épaules et soupirait bien

haut que je courais à ma perte, que cette histoire était du niveau de cinquante millions de consommateurs…

Il faut reconnaître que les amours de Ramona étaient bien plus originales.

Ramona s'était, en effet, promis de rester intacte, exempte de tout attouchement vicié pour l'homme ou la femme qui secouerait ses cils de passion. Les petits camarades boutonneux, que nous retrouvions dans les salles obscures des cinémas ou durant les slows langoureux des surprises-parties, ne l'intéressaient pas du tout. Si elle assistait à ces manifestations culturelles, c'était uniquement dans l'espoir de voir surgir, sur l'écran ou derrière un canapé, l'Être de sa vie. Les yeux vrillés sur l'assistance, les mains croisées sur son kilt et la lippe mystique, elle attendait.

Elle venait juste de se remettre, après une passion malheureuse et tout imaginaire, qu'elle avait filée avec une jeune femme dans la salle d'études de l'université où elle suivait des cours d'égyptien. Fascinée par le profil au long nez de l'inconnue, elle en était tombée amoureuse et lui écrivait de brûlants poèmes en hiéroglyphes. Incommodée par les regards que Ramona concentrait sur elle, la jeune femme lui avait renvoyé une boulette de papier Glatigny avec ces simples mots : « Foutez-moi la paix, espèce d'égyptologue tarée. » Ce message d'amour commotionna fortement Ramona qui dut s'aliter pendant un mois. Toussant très fort dans un mouchoir en batiste, elle repoussait, cependant, l'idée de se commettre en des amours simples. Si le monde tournait n'importe comment, d'après elle, c'était justement parce que les gens banalisaient tout, y compris leurs sentiments.

Elle refusait les dames qui traînent landau et bébé le long des trottoirs en comparant les feuilles de paie de leurs époux et le nombre de boutons de leur télé couleur.

« Le bel amour ignore les basses tractations commerciales… Vivre sans passion, c'est mourir doucement. »

Je lui servais ses potions, remontais ses oreillers, trouvant sa démarche difficile, mais reconnaissant le bien-fondé de ses affirmations. De croire si fort à l'amour transformait Ramona. Ses yeux noirs brillaient, sa peau devenait rose et comestible, ses cheveux moussaient autour de sa tête.

Dès qu'elle fut rétablie et qu'elle eut oublié la boulette méchante, elle repartit à la recherche de son grand amour. Elle eut l'intuition qu'elle le trouverait dans l'Antiquité. Nous fîmes toutes les expositions et conférences consacrées aux pharaons, à leurs amours incestueuses, aux bandelettes antimicrobes. Je lui prêtais mes connaissances littéraires, elle me décryptait les caractères obscurs qui farcissaient le pied des pyramides.

Nous étions transportées plusieurs siècles en arrière. Ramsès et Néfertiti étaient plus actuels que Tintin et Milou.

Il nous arrivait encore de nous étendre sur son lit, les fins d'après-midi : mes doigts emmêlés dans ses cheveux, la poitrine barrée de son long bras, nous nous endormions, en rêvant à Napoléon et Chateaubriand, valeureux conquérants de ces espaces de sable et de pierres pointues qui nous fascinaient tant…

Partagée entre le mysticisme autoconsumateur de

Ramona et la solide santé physique de Patrick, je restais perplexe et indécise. La vie ne devait pas être aussi simple que Patrick le prévoyait ni aussi frénétique que Ramona le pensait. Mais, sans opinion personnelle et dévorée d'envie de leur plaire à tous deux, je me soumettais à leurs fantasmes. Ménagère et génitrice pour l'un, éthérée et romantique pour l'autre. Ainsi reconnue comme l'une des leurs, j'étais sauvée. Même si, en réalité, ces deux maîtres à penser me bouffaient énergie et créativité.

Je n'avais pas encore appris à exister et me cherchais des évangiles à observer, obsédée par l'idée de plaire, la crainte de ne pas être aimée. Prête à toutes les compromissions pour me situer quelque part dans l'estime et l'affection des gens qui comptaient pour moi.

Désirable si l'on me pinçait les fesses, intelligente car inscrite en fac, normale parce que Patrick voulait m'épouser et pas tout à fait banale puisque Ramona me prenait dans ses bras.

Toutes ces références me rassuraient et me faisaient vivre un bonheur de somnambule.

Et Patrick continuait à planifier notre avenir.

On habiterait chez son père, on repeindrait la véranda en vert, on ferait un plafond duplex, on aménagerait une cuisine dans un placard, on installerait une table de ping-pong au sous-sol. Rien n'échappait à ses sourcils bien droits.

Et surtout pas moi.

Il aimait que j'aie les cheveux roulés en un bandeau intérieur, des petites robes imprimées et courtes pour semer l'envie chez tous ses copains. J'étais sa référence. Je vous présente ma future femme, voyez comme elle est mignonne, bien élevée, gentille, cultivée. Presque une licence de lettres. Pas prétentieuse pour autant. J'étais devenue sa chose.

Bien sûr, je pourrais continuer mes études, garder mon Solex, voir Ramona de temps en temps, embrasser maman tous les dimanches. Paternel, il dressait la liste de mes permissions.

Mon père, prévenu de mes projets matrimoniaux, hochait la tête. Non qu'il eût une passion pour Patrick mais c'est dans la nature des choses de marier sa fille de vingt ans. Et même si sa fibre paternelle s'était, avec le temps, un peu atrophiée, il ressentait une certaine émotion.

Tout le monde avait l'air content. Tout était en place : maman, papa, Sophie, Patrick, sa mère, son père, sa belle-mère…

Alors pourquoi n'aurais-je pas été moi, la première, heureuse de faire plaisir à tant de monde ?

Mais je n'étais pas heureuse.

Passés les moments de ronronnement béat dans les bras de Patrick où tout m'indifférait, je relevais ma visière et m'angoissais. Devant le barbecue commandé, le menu des conversations, le manque de perspective de mon amour, je manquais d'air.

Mais, impuissante à dissoudre mon angoisse, j'acceptais passivement tout ce qui m'arrivait. Je n'avais même pas à décider, on le faisait pour moi. Mes seules preuves d'existence, je les fourbissais en faisant des scènes. À Patrick.

Je me moquais de sa calculatrice, de son tricot de corps à trous, de ses certitudes ridicules… Je lui raccrochais au nez, le laissais rappeler sans répondre, déchirais ses lettres, le renvoyais pendant un mois puis le rappelais… C'était ma manière à moi d'exister. Pas vraiment efficace puisque les préparatifs du mariage continuaient, mais au moins je me défoulais.

J'en avais marre d'être programmée, figée à vingt ans. Il fallait qu'il se passe quelque chose et, puisqu'il ne se passait rien, j'improvisais…

Un soir, où il m'avait emmenée dans une boîte à Fécamp et que j'avais une envie démoniaque de lui percer le cœur, de lui sucer sa placidité, de lui insuffler mon angoisse, je le regardai droit dans les yeux et lui annonçai que j'allais me tuer. Il haussa les épaules, prit une profonde gorgée de whisky et tourna ses yeux bleu Caraïbes vers sa plus proche cavalière. Je sortis et me mis à courir, courir sur les galets en direction de la barre blanche des vagues.

Je courais et je savais que je ne m'arrêterais pas, que je ne voulais pas vivre pour ce petit bonheur façon ordinateur, que je préférais finir comme Ophélie, les cheveux châtains flottant dans l'eau salée.

Cette idée me plaisait, me donnait des pédales aux mollets. J'avais les chevilles qui se tordaient, les poumons qui s'essoufflaient mais je me sentais transportée. Dépassée.

J'entendis des pas derrière moi et une voix qui criait mon nom… Ça y est, il commence à souffrir ! Ah ! je sers à quelque chose si on prend la peine de faire un cent mètres derrière mon désespoir. Il courait, de plus en plus vite, criait, de plus en plus fort, et je hurlais qu'on me foute la paix, qu'on me laisse mourir tranquille, en en rajoutant pour qu'il comprenne bien que sa véranda repeinte en vert amande me donnait des renvois au cœur, me congestionnait le sentiment.

Mais il m'avait déjà rattrapée, entourée de ses bras

et me berçait contre son pouls battant. Déjà plus rien n'existait que ces deux bras-là, sa voix qui demandait « mais pourquoi fais-tu ça ? », ses lèvres qui glissaient sur mes larmes et les léchaient, ses mains qui calmaient ma chamade, ses yeux où je pouvais lire tout son amour… Tant de passion évidente me faisait vibrer, me donnait l'impression d'être belle, fatale, essentielle. Devant le désespoir de Patrick, je me dépliais, je devenais géante.

Puis je me ravalais dans son étreinte, redevenais fœtus, inexistante. Je retombais dans mon quotidien. Je n'avais pas eu le courage de sauter dans les vagues, je n'avais pas non plus celui de le repousser. Je hoquetais « je t'aime, je t'aime »… Parce que je ne pouvais pas lui expliquer mon désespoir et mon envie de cimes enneigées. J'étais trop lâche pour vivre sans sa véranda vert amande et sa table de ping-pong en sous-sol.

Je t'aime, garde-moi, arrache-moi la cervelle que je n'aie plus jamais envie de monter tout là-haut, que je devienne une bonne petite épouse qui te fera beaucoup de bébés façon poster d'Alain Delon.

Enlève mon angoisse de dessous mes cheveux. C'est là qu'elle me ronge. Et, recroquevillée contre lui, abdiquée, je ne savais que répéter « je t'aime ».

J'étais piégée. Pas par Patrick mais par ma terreur de la liberté. Je ne voulais pas vivre sous sa véranda mais j'y revenais sans cesse.

Ce soir-là, je le laissai m'emmener, toute hachée, dans la voiture. Le laissai m'essuyer le visage, me sourire, me dire « je t'aime, je veux que tu sois ma femme ». Le laissai refermer sur moi la trappe de son bonheur acheté sur catalogue.

Toute mon énergie était passée dans ma course vers les vagues. Il ne m'en restait plus pour donner un coup de pied à sa mâle assurance. Je préférais le mensonge, le silence. J'étais possédée, remise à zéro, récupérée.

Mon accès de désespoir, comme tous les autres, avait été anarchique et vain. Je lui avais fait mal quelques minutes… Maigre consolation.

Je n'avais plus qu'à sécher mes cheveux en un petit rouleau intérieur, défroisser ma robe, relever mes commissures pour que ses copains ne s'aperçoivent de rien et que nous gardions notre halo de jeunes et heureux fiancés.

La date de mes épousailles se précisait : ce serait en septembre, quand tout le monde, déprimé par le retour de vacances, a besoin d'une fête.

J'étais figurante dans une cérémonie qui allait me consacrer femme de Patrick. Tous ces préparatifs me paraissaient incongrus mais je ne marmonnais mon désaccord que seule dans les chiottes ou juste avant de m'endormir. Le reste du temps, j'acquiesçais. Oui pour dire oui, oui pour aller habiter chez son père et sa belle-mère, oui pour le premier bébé... Oui, oui, oui. Après deux ans de flirt exacerbé et un an de plaisir dit conjugal, je terminais mon exploration existentialiste en robe blanche et rubans roses. Pourquoi en rose et blanc quand tout le monde sait que je hurle de plaisir, le soir, au creux du lit ? Pourquoi devant M. le curé : je ne vais plus jamais à la messe ? Pourquoi si vite ? Pourquoi moi ?

Je n'avais plus que trois mois avant ma mise en société. Trois mois pour vivre. Sans lui. S'il te plaît, laisse-moi partir seule, en vacances... J'ai besoin d'être seule. C'est important. On aura toute la vie pour partir en vacances, ensemble... Toute la vie ? Non, je ne pourrai pas...

Patrick m'écoutait, réfléchissait, disait « oui ».

Merci, mon chéri !

Je partis avec Ramona et Yves. Au bord de la mer. Où ? Aucune importance : je ne sortais pas de la maison. Je me foutais pas mal du ciel bleu et de la mer.

Ramona était chargée d'organiser ces derniers jours de liberté. Elle riait, me disait que je n'étais pas obligée, que l'époque où on mariait les filles de force était passée.

– Oui, mais je l'aime bien Patrick, tu sais. Il est beau, fort, intelligent. Il fera un très bon mari, c'est sûr. Un très bon papa, aussi. Son père et sa belle-mère… Qu'est-ce que je les aime, eux ! D'ailleurs, rien qu'à cause d'eux, j'ai envie d'épouser Patrick. J'aime leur petite vie étroite, leur dimanche matin à la grand-messe, leurs croissants frais du retour, leurs mines devant nos cernes et nos bâillements. Tu comprends, Ramona, c'est la première fois qu'on m'offre un vrai tableau de famille. Avec chapeau, gants blancs et bons sentiments. Une famille à l'affection solide. Pas une famille qui se lance des injures et des fusibles à la tête comme la mienne. Non, une vraie, une bien propre, bien carrée. Qui m'aime, que j'aime. Sans explications. Parce que c'est moi, la femme de Patrick. Qui attend que mon ventre s'arrondisse et qu'un petit bébé en sorte. Un petit bébé qui leur ressemble. Comme ça, ils m'aimeront encore plus. Et j'ai tellement besoin qu'on m'aime. Qu'on repeigne la véranda pour moi, qu'on ajoute un volant à ma traîne, qu'on s'inquiète si j'ai un peu de fièvre, qu'on me couche avec un bol de soupe si j'ai mal au ventre… Comme si j'étais un bébé. Mais si je vis la vie que j'ai dans la tête, la vie qui me ronge d'envie, je serai seule sans bol de soupe.

Seule, les nuits de mauvais rêves ; seule, le dimanche à midi quand tout le monde déjeune en famille ; seule, sans points de repère rassurants... Avec Patrick, je ne serai jamais seule.

Ramona écoutait mais ne disait rien. Impuissante...

Elle connaissait tous les alentours et leurs habitants. Elle multiplia les fêtes, les dîners, les déjeuners et les petits déjeuners. Elle me présenta un explorateur barbu, qui revenait de deux ans en Afrique et me fit l'amour sauvagement, se balançant d'un orgasme à l'autre ; un universitaire, qui finissait une thèse sur le signifiant et le signifié chez Barthes, me prenait très doucement pendant des heures et me racontait, ensuite, comment briser le carcan social du langage (mais je dormais déjà) ; et un étudiant américain qui me plaisait beaucoup. Il était si beau qu'il me faisait les rêves doux. Il s'appelait Antoine, de mère amoureuse de Saint-Exupéry.

Quand l'explorateur, l'universitaire ou Antoine étaient absents, Yves se glissait doucement dans mon lit et me rappelait le temps de l'amour devant la photo d'Évita.

Ramona cuisinait. Les plats les plus fous. Tous arrosés de chocolat. Un soir, elle s'enduisit le corps de Banania et fit irruption dans mon sommeil. Je la léchai avec gourmandise.

Le lendemain, c'était un bifteck-frites au chocolat chaud, le plat favori d'une tribu mexicaine cannibale raffinée. Les frites au chocolat, le sang baignant dans le mordoré du Suchard fondu, j'avais la tête qui tournait, je me barbouillais de sauce chaude. J'étais devenue adepte barbare d'un rite étrange et féroce.

Pendant tout ce mois, je refusais de penser, de compter les jours ou d'ouvrir les lettres de Patrick. Je m'alanguissais dans une vaste étendue de plaisirs anonymes. Le seul avec qui j'établis des rapports de cause à effet était Antoine. Antoine indifférent à tout, sûr de lui, heureux dans sa solitude tranquille. Antoine, qui aimait embrasser en appuyant très fort. Antoine, pour qui je me découvrais un dévouement sauvage, tellement sa nonchalance m'excitait et l'éloignait de moi. Antoine que je savais perdu, pour cause de mariage imminent.

Le soir, avec Ramona, sur les marches de la maison, nous dissertions sur la peur atroce de la solitude. Elle attendait toujours le séducteur, pour qui elle abandonnerait son âme ; je soupirais après un bonheur rassurant qui ne me rassurait pas…

Drôles de vacances. Je revins le teint brouillé et le bouton abondant. Je promettais d'être une mariée hépatique.

Quand je revis Patrick, je le trouvai beau et tendre. J'eus envie de lui brutalement sans pourquoi ni comment. Envie qu'il me prenne, qu'il m'écrase, qu'il m'embrasse, qu'il m'emmène loin au paradis. Je passai quarante-huit heures noyée d'amour, décidée à l'aimer sans tergiversation. J'avais juste au-dessus de moi un garçon fou d'amour, superbe, prêt à m'épouser et je rechignais… Je devais être folle ou Ramona m'avait fait perdre la tête ! J'étais d'accord pour tout, prête à sauter sous le voile et dans l'anneau.

Je retrouvais les petits déjeuners familiaux : Philippe rentrait d'Amérique, maman du Périgord. Nous avions tout à nous raconter. Je me sentais au chaud et en sécurité. Le monde était simple, facile à vivre : pourquoi le compliquer ?

La vie pouvait continuer ainsi même si je me mariais. Je ne demandais pas grand-chose : juste que l'instant présent dure éternellement. Une sorte de souhait lamartinien sans lac ni tuberculeuse. Et puis j'avais tant de choses à faire ! M'inscrire en faculté, rédiger mes faire-part.

Je demandai à maman s'il était tout à fait impossible d'inviter tante Gabrielle à mes noces. Elle me répondit que ce n'était pas envisageable. Cela provoquerait de tels embouteillages d'aorte dans l'assemblée, qu'il était préférable de renoncer à ce projet.

Très triste, j'allai quand même présenter Patrick à tante Gabrielle.

Elle nous offrit du thé à la rose et des petits gâteaux au sésame. Elle se tenait très droite dans son fauteuil et regardait attentivement Patrick. Elle le fit parler des nuages, de son travail, de la couleur de mes yeux, de la fragilité des crocus. Patrick écoutait, surpris. Essayait de répondre, tout en me donnant des coups de mocassins dans les chevilles. Je trouvai cela normal : tante Gabrielle voulait seulement savoir s'il savait rêver et rire sans bande annonce.

Elle lui expliqua la vie sentimentale de son elasticus carbonicus, tombé amoureux de l'elastica carbonica de la voisine et qui se tordait l'écorce pour l'apercevoir. Patrick opinait, comme on écoute un fou qu'il ne faut surtout pas contrarier. L'horloge rythmait les questions folles de tante Gabrielle et la surprise grandissante de Patrick.

Une fois dans la rue, il me demanda si elle était normale et pourquoi la famille ne la faisait pas enfermer. Je ne répondis pas. Je compris que tante Gabrielle venait de me lancer un avertissement : on doit bien s'ennuyer avec un homme qui refuse de quitter le sol ferme de la logique, le temps d'une tasse de thé.

Le lendemain, je reçus un coup de téléphone de Ramona me demandant de l'accompagner à Orly. Ramona a toujours refusé d'apprendre à conduire, trouvant le moteur à pistons d'une totale inconvenance. Elle préfère les transports en commun, persuadée qu'elle multiplie ainsi les chances de rencontrer l'homme de sa vie.

Mais pour aller à Orly, ce jour-là, elle a besoin de moi. « Fais-toi belle, prépare-toi. Je ne veux ni tennis ni jean éculé. » Habituée aux fantaisies de Ramona, j'obtempère. La jupe bien tirée, l'œil assassin mais pas raccoleur, le chemisier ouvert jusqu'au troisième bouton et le sac en bandoulière.

Ramona reste muette. Elle aspire voluptueusement une cigarette anglaise et agite sa cendre dans toutes les directions, sauf celle du cendrier. Depuis son aventure en bibliothèque et sa convalescence laborieuse, elle n'a pas connu d'autres amours. Elle vit cloîtrée dans sa solitude, concentrée sur le désir de ne pas vivre un amour bon marché. Cela lui donne un air de carmélite, une pureté du teint, un relief des pommettes, une acidité dans les yeux qui rend plus d'un homme tourneboulé d'amour. Mais Ramona avance sans les voir…

Je l'aime comme ça. Intransigeante et folle. Je sais toujours trouver la petite veine qui déclenche des volcans dans son corps, prononcer les quatre mots qui lèvent son exigence ou l'emmener voir un film sucre candi qui nous précipite à tâtons sur la boîte de

Kleenex… Je la connais ma Ramona, ma louve en fourrure, ma déesse dorée. Je sais qu'elle réprouve mon union avec Patrick. Mais elle me garde, malgré tout, le refuge de son épaule, de son creux d'affection où, enroulées l'une dans l'autre, nous nous jurons aide et fidélité éternelles.

Et, aujourd'hui, je suis à ses côtés, sur une bretelle d'autoroute, suivant aveuglément ses instructions.

Où va-t-elle ? Pourquoi m'emmène-t-elle ? A-t-elle enfin rencontré le grand tremblement de cœur qui remet tout en question et vous rejette haletante sur le bitume ?

Je n'ose pas lui poser de questions de peur de passer pour une sans-intuition… Mais je ne comprends pas très bien ce que nous faisons à Orly-Sud. Elle s'est parée comme pour un sacrifice religieux : toute en noir, les yeux nacrés, les lèvres rouges. Les voyageurs en partance se retournent sur notre passage, perdant leur place dans la queue. Elle me tient par la main, très ferme. L'aéroport est plein de valises et de filets à papillons. Il fait chaud. Je pense que je n'ai pas prévenu Patrick, qu'il doit m'attendre à la maison.

Soudain, Ramona s'arrête, se plante devant le tableau d'affichage, repère un vol et se dirige vers la porte d'arrivée. Elle attend quelqu'un… Elle m'a emmenée avec elle pour que je sois son témoin. Témoin de sa reddition. Mais qui ? Pourquoi ne m'en avoir jamais parlé ? Elle a peur qu'il ne vienne pas la chercher ? Qu'il l'oublie ? Qu'elle soit obligée de rentrer le cœur vide ? Ramona, aussi, a ces angoisses-là ?

Il va se passer quelque chose d'important. Une fois de plus, Ramona hausse mon niveau de vie, me dépêtre de mes habitudes petites-bourgeoises. J'ai honte de mes préparatifs roses et blancs, de ma liste d'invités, de mes gâteaux au moka. Je comprends que l'amour peut être aussi cette attente, le pied battant, au bas d'une porte d'aéroport, ce mystère qui rend les mains moites et le ventre zigzag. J'ai, une fois de plus, envie d'écouter mes folies secrètes et de me tirer loin des us et coutumes.

Quand, tout à coup, parmi la cohue des vacanciers bronzés et désespérés d'avoir atteint la fin du mois de congé payé, je vois apparaître la tête d'Antoine.

Ainsi, c'est lui. L'initiateur au Grand Amour. Celui devant lequel elle va promettre de vivre une passion dans un dérèglement total des convenances. Antoine, que j'ai caressé et aimé parce qu'il est beau, qu'il ne parle jamais et semble comprendre beaucoup. Antoine, que j'ai serré très fort, la dernière fois, en soupirant devant Ramona.

Elle m'a prêté son amour le temps de quelques étreintes dans un hamac. Elle m'aime assez pour tout me donner, même son rêve. Elle m'a conviée à leurs retrouvailles.

Antoine est là, devant nous. Je me retourne vers Ramona. Elle nous entraîne à l'écart, prend ma main, la pose dans celle d'Antoine.

En silence et poignée de main, elle brise mon avenir avec Patrick, ouvre mes yeux aveugles, renvoie ma Fatalité ailleurs…

Tout me revient dans cette poignée de main : ma haine de la véranda verte, l'avertissement de tante Gabrielle, ma folle course vers les vagues noires, ma furie désespérée de vivre encore un peu, avant qu'il ne soit trop tard…

J'étais devenue végétative. Je mourais doucement comme meurent les jeunes filles obéissantes. En disant oui aux images qu'on leur montre.

Je regarde Antoine, le lèche des yeux, le savoure comme une première liberté. Je suis Pancho Villa sur les bords du Rio Bravo avant d'aller couper la tête du général usurpateur…

Patrick, qui m'a si longtemps paru un refuge contre la solitude, me semble soudain inutile. En une heure, il a perdu son emploi. Je ne le connais plus, je ne le reconnais plus. Je juge tout ce qui m'arrimait à ses bras futile et petit. Des mobiles sans intérêt, des angoisses de petite fille. Je veux lui crier que je détale mais je ne sais pas très bien comment faire.

J'ai le choix entre la lâcheté totale du télégramme : stop-je-ne-t'aime-plus, la demi-lâcheté du téléphone et la bravade de l'entrevue.

Je choisis le téléphone.

Je jette un dernier regard sur Antoine, un dernier souvenir à nos nuits d'été. Il a toujours les yeux noirs et calmes, la peau mate, deux grands bras que j'imagine autour de moi, des dents très blanches et pointues qui me déchiquettent déjà l'omoplate. Toute droite dans mon irrésolution, je m'attarde à le regarder pour me donner du courage.

Je décroche le téléphone, compose le numéro, répète dans ma tête tout ce que je dois dire à Patrick : je ne t'aime plus, je viens de tomber raide d'amour à Orly-Sud dans le hall des voyageurs, porte 55, tout près du tableau d'affichage… Il veut que je parte avec lui…

Non ! JE veux partir avec lui. Ça fait plus décidé, si je dis JE.

Surtout ne pas lui laisser d'espoir, ne pas le faire souffrir à petites doses. Une incision sans bavure, précise, définitive. Réaliste : je me tire, je ne t'aime plus…

Je m'affale sur le combiné, tourne le dos à Antoine parce que je sais d'avance que je vais être lâche… Je me recroqueville sur les trous de la cabine comme autant de petites voies respiratoires.

Et j'entends sa voix. Celle qui me donne la chair de poule, le soir sous les draps. Celle qui m'a si longtemps fait dire « oui ».

– Patrick, je m'en vais.

Je plonge. Comme à la piscine quand on me pousse. Le nez bouché, les yeux fermés.

– Où ça ? Je t'attends depuis longtemps, tu sais… J'en ai marre de jouer aux cartes avec ton frère.

– Patrick, c'est sérieux, je pars…

– Comment ça, tu pars ? Tu es folle, non ?

Maintenant que je suis complètement mouillée, autant donner le coup de talon final :

– Écoute, Patrick, je ne t'aime plus. Je ne veux plus t'épouser. Je n'osais pas te le dire mais ça fait longtemps que j'y pense et, comme je sais que, devant toi, je n'aurai rien le courage de dire, je te téléphone… Pour que tu comprennes que c'est fini…

Il n'a pas l'air de comprendre. Interrompu en plein après-midi tranquille, il se demande quelle folie me passe par le cœur, et accuse mes neurones d'avoir lâché à la vue de tant de réacteurs. Son solide bon sens lui interdit l'idée d'un coup de foudre et il demande à examiner, de plus près, mes débris d'amour.

Je n'ai même pas le temps de protester qu'il m'a fixé rendez-vous dans notre café, celui où j'aime tant tourner des pailles dans les citrons pressés ; celui où Raymond, le barman, garde nos messages et sert de confident quand on ne se comprend plus. Je raccroche, furieuse. Contre moi. Une fois de plus, je n'ai pas été assez ferme, assez salope. Dans tous les livres que je lis, les héroïnes quittent des hommes désespérés en secouant le bout de leurs boots pour que les larmes ne marquent pas le vernis noir… Et moi, pour ma première aventure sentimentale à épisodes, je me retrouve convoquée devant un café crème chez Raymond, sur des chaises en plastique et des tables en formica. Je commence à souffrir d'un formidable complexe de classe. Le cœur en première, le Nous-Deux en jet-set, les ruptures en wagons-lits, ce n'est pas pour moi…

Heureusement, Antoine est là. Digne d'être le héros d'un feuilleton doré. Paris-Bagdad en tapis volant.

Je lui explique que je dois aller chez Raymond pour déclarer au monsieur avec qui j'ai passé trois ans de ma vie, péché contre péché, que je n'écraserai plus mon nez dans ses virages.

Antoine, courtois, répond que c'est normal, qu'il comprend tout à fait, qu'il m'attendra à l'hôtel, chambre 436.

Le trajet retour est moins mystérieux. J'ai le cœur qui bat d'amour et d'inquiétude, l'impression de préparer une mise à mort. Je culpabilise. Je sais que je vais faire de la peine, et je ne supporte pas l'idée de saigner les gens. Je préfère toujours dire oui du menton que d'articuler un non.

Et les parents de Patrick ? Ils ne vont rien comprendre. Vont sûrement me traiter de génération perdue…

Antoine et Ramona descendent ensemble. Dans le noir des yeux de Ramona, je lis une grande excitation et une dose de vie en rose ; dans ceux d'Antoine, une chaleur qui me fait transpirer sous mes racines. Leur naturel et leur calme me terrifient. Je ne me sens pas capable, comme eux, de jouer la Sérénité Transcendantale.

Patrick m'attend devant plusieurs ronds de bière. Faussement brave. L'air déprogrammé. Je déteste perturber les gens et, encore plus, les grandes machines qui m'ont promis tant de bonheur. Pour une fois, son malheur ne me rend pas importante. Ce serait plutôt le contraire.

Je glisse une fesse près de sa chaise, commande une menthe à l'eau, me racle plusieurs fois la gorge, en priant qu'il attaque le premier, parce que c'est plus facile de se défendre que d'exposer les faits. Qu'il me bombarde d'insultes, même, je prendrai un air offensé et pourrai partir sans m'être déglinguée.

Mais il ne dit rien. Il me regarde par-dessus ses yeux bleu Waterman qui m'ont si longtemps fait chavirer et tire professionnellement sur sa cigarette. Comme un vrai mec à qui sa nana annonce qu'elle fait une fugue mais qu'elle reviendra. Ma menthe à l'eau tiédit et on n'a toujours pas entamé notre dialogue. Et, bien sûr, je cède. Bêtement. Le plus bêtement du monde, je dis :

– Et voilà…

– Voilà, quoi ?

Il se jette sur l'occasion de me faire préciser mon information.

– Voilà, c'est fini…

– Comment, ça, fini ? Explique-toi, au moins.

Tout ce que je voulais éviter.

– Je ne sais pas. Je suis allée à Orly avec Ramona, et tout à coup je ne t'ai plus aimé, je n'ai plus voulu t'épouser…

– Comme ça… Tout à coup… Une idée qui passait par là… Ça fait longtemps que tu pensais ça ?

– Oui et non. Ça n'allait pas très fort mais, en faisant une moyenne, je n'étais pas malheureuse. Juste quelques angoisses. Et puis, aujourd'hui, j'ai décidé de ne plus t'épouser.

Patrick est abasourdi. Il essaie de comprendre les mots : « moyenne », « pas malheureuse », « pas épouser ».

– Mais, pourquoi ne m'en as-tu jamais parlé ? Pourquoi ? J'aurais essayé de comprendre…

Je sens le danger approcher : il va devenir paternel.

Pourquoi est-ce que je ne parle pas d'Antoine ? L'image précise d'un rival mettrait fin à la tentative de communication. Pourquoi est-ce que je ne dis pas mon envie d'un autre ? Du corps d'un autre, de la vie d'un autre ?

Parce que je ne veux pas qu'il souffre trop. Ça m'ôterait tout courage. Juste un peu, que je puisse partir pas mortifiée ; mais pas trop, pour qu'il puisse s'endormir sans m'imaginer, la bouche écarquillée de plaisir, dans les bras d'un autre. Sans somnifères sur la table de nuit, si le cinéma devient trop précis et s'arrête sur la perforation finale, la profanation des corps et le double arc-boutement.

Dans ces conditions, la rupture n'est pas évidente. Je m'enlise. Patrick est prêt à tout. À me laisser réfléchir, à décommander la pièce montée, à remiser son habit gris perle et son haut-de-forme de location.

Alors, je sors le dernier argument faux jeton. Celui qu'utilisent toutes celles qui, comme moi, sont trop lâches pour affirmer leur liberté. Celui que Jean-Paul Sartre nous a si gentiment refilé en classe de philo : je veux voir pousser ma racine. En langage décodé : je veux vivre ma vie, me taper des tas de mecs sans compte à rendre.

Et Patrick trébuche. Il me prend dans ses bras, murmure qu'il comprend tout, qu'il m'aidera, qu'il respectera ma courageuse indépendance et ma volonté de devenir femme. Tous ces gros mots me font honte et je m'effondre en larmes. Devant tant de confiance imméritée, je craquelle, sanglote, vire au rouge, au violet, au bouffi. Je hoquette, frôle l'étouffement, m'agrippe à sa manche. Je perds le contrôle de ma lâcheté organisée et balbutie des « je t'aime » ineptes pour le remercier de tant de gentillesse.

Conscient de m'avoir récupérée, il caresse tendrement ma joue. Raymond nous offre deux petits rouges. Je suis perdue. Je demande à Patrick la permission de rester seule. Pour me promener, respirer, remettre mes idées en ordre. Je lui dis aussi que, ce soir, je dormirai chez Ramona parce que je suis trop épuisée, mais que demain on se verra.

Fier de nos nouvelles conventions, il acquiesce.

Nous sortons enlacés. Comme si l'avion, en provenance de Toulouse, ne s'était jamais posé dans mon cœur.

Écrasée de honte, je cours voir tante Gabrielle et son elasticus amoureux. Je m'effondre sur ses coussins, réclame un conseil et un Tricostéril sur le cœur.

Je lui raconte. Et je prends conscience. Une fois de plus, j'ai renoncé. Je me suis écartée de mon chemin, le mien, celui qui me fait des frissons de délices et de peur. Tante Gabrielle hoche le menton.

– Quand j'ai quitté mon mari et mes deux petites

filles, j'ai beaucoup pleuré. Mais je savais que ma vie, la vraie, était aux côtés de Frédéric. Qu'il valait toutes les déchirures. Demande-toi où est ta vraie vie et suis-la. Sinon tu auras toujours le sentiment d'un grand vide en toi…

J'ai envie de suivre Antoine. J'en suis sûre.

Si j'ai abdiqué chez Raymond, c'est par respect de l'ordre établi. Le téléphone est là, tout près. Je demande la dame des télégrammes, lui donne l'adresse de Patrick et enchaîne : « Patrick, je m'en vais. Pour de bon. Même si je t'ai beaucoup aimé, même si tu voulais tout me donner. Ne m'en veux pas. Je ne sais plus qui je suis. Sophie. »

Ce n'est pas encore la totale franchise mais, pour la première fois, je m'exprime. J'enjambe les convenances. Je fais de la peine, en sachant que c'est positif. Pour moi. Je dis non. Réalise une très vieille envie : partir loin de cette véranda qui me bouche l'avenir.

Je prends un risque, morte de peur. Je fais un choix : moi.

Tante Gabrielle m'a poussée de son camé, de son sourire, de sa sérénité. Si on vieillit comme elle, en prenant des risques, je souscris à ses maximes, à son ciel, à mes folies…

À la maison, où je passe faire provision de jeans et de tee-shirts, l'atmosphère est moins méditerranée.

Philippe ne comprend plus rien à mes méandres, maman remise ses envies de bébé à pouponner. Elle s'était habituée à Patrick, s'était construit tout un monde avec gendre et ses avantages : bras sur lequel s'appuyer et cœur où rouler ses cils.

Toutes ces sécurités se dissipent dans un flou inquiétant. Qui est ce jeune homme pour lequel je déchire un avenir de tranquillité ? Que font ses parents ? A-t-il des diplômes ?

J'ai oublié de demander tout cela à Antoine.

Je n'ose pas avouer que je sais tout de ses nuits, de ses rêves, de ses lèvres, mais rien de son curriculum vitæ. Je ne peux que dessiner la fusion incandescente de deux cœurs dans une odeur de kérosène.

Comme ça, en dix minutes ? C'est idiot.

Elle ne comprend pas très bien, maman. Pour qui l'amour est un sentiment qu'on cultive en serre chaude. Une chose bien élevée qui répond à des critères. On ne tombe pas amoureuse dans une gare sous le sifflet du chef de train ni dans un aéroport. Cet amour-là n'existe pas. Est éphémère, fragile, à envelopper. Pas solide. Il faut bâtir dans la vie. Faire de toutes ses émotions une construction harmonieuse, équilibrée, avec feuille de paie et bébés.

Alors mon coup d'amour à Orly ne ressemble à rien.

Et, en même temps, se dessine sur son visage un sourire Trois-Mousquetaires qui me donne le feu vert. Le feu vert de tout ce qu'elle n'a jamais osé faire et qu'elle tremble de me voir empoigner. Le sourire de sa jeunesse gâchée à obéir à des lois HLM. Elle a rêvé ses envies. Aujourd'hui, elles lui encombrent l'âme.

Maman contradictions. Ce qu'elle n'a pas su assumer, elle me l'offre dans son sourire gourmand qui dit qu'elle est prête à attendre. À attendre que je lui raconte la vie hors des dix commandements.

De la voir tant espérer me rend heureuse. Même si mon voyage retour doit être mouillé de larmes, elle sera là pour me scotcher mes fissures. Ce n'est plus ma mère mais ma fan, ma spectatrice du premier rang. Elle n'est plus maman, ni belle-maman. Elle est redevenue Camille. Camille avide de vivre. Le temps de jeter mes dragées dans la réglisse de l'inconnu.

À peine revenus de Venise au présage redoutable, Jamie et Camille s'étaient installés, un peu penauds, à Avignon. Camille voulait garder bonne opinion de l'état conjugal, aussi s'efforçait-elle de ne pas remâcher sa désillusion. Jamie avait promis de ne plus tacher le beau cliché d'Épinal et de ressembler, de toutes ses forces, au mari idéal. Ils se comportaient donc en jeunes mariés amoureux, au su de la famille. Le soir, dans leur chambre, ils faisaient et refaisaient les gestes de l'amour. Les bras enroulés autour du cou, ils laissaient les frissons cicatriser leurs souvenirs.

Camille ferait de beaux enfants que Jamie protégerait. Jamie, en attendant d'être père, parcourait, avec sa tasse à café, les petites annonces du *Midi libre*.

Un jour, il rentra tout excité tenant à la main le journal, bredouillant une annonce exotique, qui parlait de lac Tataro, de barrage et de paie fabuleuse. Le gouvernement malgache cherchait un ingénieur pour endiguer les eaux du lac qui menaçaient, à chaque déluge, d'envahir la vallée. On demandait jeune ingénieur aventurier, expérience toute neuve et esprit large. Il fallait s'entendre avec les indigènes, ne pas froisser les lettrés locaux ni les esprits du lac, calculer la pente de retenue en fonction des dieux de la pluie, baliser les côtés sans troubler l'humeur ruminante des bœufs.

Tous ces détails plaisaient à Jamie, qui voyait s'éloigner la perspective d'un emploi de fonctionnaire, aux horaires perforés.

Camille imaginait de grandes terrasses où ses bébés

bronzeraient ultra-violet, mangeraient des papayes sous l'œil attentif d'une nénène noire aux pieds palmés. Grand-père, qui avait amassé fortune sous les Tropiques, tapotait l'épaule de son gendre avec complicité. Ce soir-là, on ne parla que malgache et mandarines. Ce soir-là, Camille se laissa aller contre le corps de Jamie et accepta de donner tout le plaisir qu'elle pouvait inventer. Ils se rejoignirent dans des rêves aux sonorités étranges et multicolores.

La perspective d'une nouvelle vie, où elle serait femme de l'ingénieur en chef Jamie Forza, la faisait balbutier. Elle avait, enfin, trouvé un emploi.

Leur départ fut un événement. Jamie arborait fièrement un large short à soufflets et une casquette en toile imperméable, Camille flottait dans une robe dite tropicale, qu'elle avait achetée à la Mercerie générale de la Grand-Rue. Elle tenait à deux mains un chapeau de paille.

Le trajet en bateau fut sans histoires. Camille restait de longs après-midi étendue sur le pont, enroulée dans un plaid, à guetter le mal de mer. Jamie lui tenait la main.

Leur maison avait des colonnes blanches et un perron à marches larges. Des palmiers, des cocotiers et des buissons rouges cerclaient le blanc des murs. Un grand toit en bois lui donnait un drôle d'air coiffé. Une nénène locale leur souhaita la bienvenue et montra à Camille le bon fonctionnement des moustiquaires et du réfrigérateur.

Camille disposa des meubles, lança des invitations, raccompagna ses invités sur le perron. La vie était facile, les femmes bronzées, les hommes bien élevés, le ciel toujours bleu.

Pourtant, il manquait quelque chose à Camille. Elle

aspirait de toutes ses forces au bonheur et le bonheur ne venait pas. Elle possédait un beau mari, une belle maison, une nénène dévouée, des fleurs, des oiseaux, des dessins accrochés au mur… Pas de cholestérol ni de fièvre maligne. Mais elle se sentait incomplète. Camille avait le mal de vivre. Un grand vide intérieur qui la laissait, soudain, désespérée et méchante.

Il lui manquait un lien qui donne un sens à tous ces bonheurs, qui la rattache au monde, qui fasse exister les magnolias et les chaises longues en rotin, qui rende le barrage de Jamie réel, le cri des singes, dans les arbres, moqueur.

Pour qu'elle ne soit plus jamais spectatrice muette, désespérée, mise de côté.

Jamie et son titre d'ingénieur en chef ne lui suffisait plus. Il lui fallait un bébé. Un bébé arrangerait tout.

Elle tutoierait Jamie, goûterait les soupes pimentées des marchés, ferait éclater des bulles de savon dans l'air. Elle serait rattachée à la terre.

Demain, Jamie lui ferait un bébé.

À l'hôtel, chambre 436, il m'attend.

Allongé, très grand. Il est beau. Les cheveux noirs et lisses, les mains longues et brunes, les yeux sombres, les sourcils épais, bien droits, et une moue qui sourit tout le temps. Une moue indifférente et sûre mais sans insolence. Quand il se déplie, il tient du joueur de base-ball et du jaguar qui rentre cool chez sa jaguar, après avoir bien chassé. Bien dans son corps, dirait tante Gabrielle. L'allure épanouie, le torse déployé, la peau bien savonnée.

J'ai oublié que je ne suis plus belle, que j'ai les yeux bombés à force d'avoir pleuré. Il me sourit quand même, m'attire sur le lit, m'allonge près de lui, glisse sa main contre mon ventre, ma tête sur son bras et murmure que ce n'est pas grave, que j'oublierai tout ça, que la vie commence et qu'elle va être belle. J'entends sa montre qui marche contre mon oreille, son cœur qui bat. Sa main me calme en habitant mes cheveux. Je me cale dans sa chaleur et m'endors, épuisée.

Au petit matin, je me réveille, étonnée d'être dans une chambre inconnue avec un monsieur inhabituel. Antoine… Antoine comment ? Il est au bout du lit, il compulse des cartes routières. Je l'espionne à travers mes paupières. On a un mois ensemble. Un mois avant la rentrée en fac. Un mois de voyage, de décisions, de vue sur l'avenir.

Chaque fois que je rencontre un homme qui me plaît, c'est plus fort que moi : je m'imagine mariée. Alors que la seule vue d'un anneau me rend délinquante... Je ne peux m'empêcher de penser au cas où... Avec n'importe qui. Qui fait tilt dans mon cœur. C'est une sorte de jeu avec le feu, un exorcisme.

Pour créer un peu de suspense, je dispose des obstacles au hasard. Si on passe ce feu, je l'épouse. S'il réussit son service, il me demande en mariage. S'il reprend du gigot, on aura beaucoup d'enfants. Tout ça, sans jamais arriver au oui final. Ceux qui me plaisent vraiment ont droit à un petit film à l'eau de mélisse que je me passe dans la tête, le soir avant de dormir et qui se découpe en autant d'épisodes que dure l'intérêt. Ainsi, à treize ans, un dénommé Pachou fut le héros de cent soixante-trois nuits. J'alimentais mon cinéma en l'observant, le dimanche matin, à la patinoire, où il tournait en poinçonnant les cœurs. J'ai filmé jusqu'à ce que, découragée, j'élise un héros plus accessible. À cette époque, les amours platoniques ne me décourageaient pas. Au contraire ! J'aurais été bien ennuyée de me retrouver, coincée dans les vestiaires, avec l'haleine de Pachou sur mon bonnet et mes moufles dans les siennes. Ces feuilletons suffisaient à ma vie sentimentale. Ils étaient riches en rebondissements : prélude, amour, idylle, brouille, meilleure amie traîtresse, réconciliation... Il y avait aussi : belle-mère ennemie, différence sociale, parents indignes, mais amour plus fort que tout et réhabilitation. Suivie de réussite sociale, argent, applaudissements, hôtel particulier, enfants, nurses, rivales, fugue, course en Ferrari, retrouvailles, serments éternels, clair de lune...

J'étais infatigable. L'hôtel particulier était toujours le même, je le remeublais simplement selon le style du nouveau héros. L'ordre et le sexe des enfants immuable (un garçon en premier, c'est beaucoup mieux) et le happy end inévitable.

Au fur et à mesure que je prenais de l'âge et de la pratique, le scénario devenait moins simpliste : j'avais un peu moins de Ferrari, beaucoup plus d'amants et j'étais journaliste.

Je n'ai pas eu le temps de faire entrer Antoine dans mon hôtel particulier. Et pourtant… Depuis hier, je marche sur un cumulo-nimbus, un gros, bien épais, qui tient chaud aux pieds. J'ai l'impression de recommencer ma vie à zéro pointé. Cœur tout neuf et peau de bébé. J'ai oublié qu'il y a à peine une semaine Patrick me prenait dans ma chambre écossaise et je lui gémissais « je t'aime ».

Antoine savoure la vie avec la sagesse du philosophe posé sur le sommet de la montagne. Il lui faut, pour notre voyage, une voiture robuste et confortable, il la commande au téléphone, a le modèle, la couleur et les options qu'il désire. Sans élever le ton. Ramassée sous mes draps, je me décide à émerger pour lui demander d'où lui vient cette facilité à dépenser sans bilan récapitulatif.

Il me raconte l'histoire de son grand-père…

Un colon anglais qui, las des frimas anglo-saxons, débarqua un petit matin au Brésil, en pleine forêt verte… C'était l'époque du boom du caoutchouc. Manaus était la capitale la plus riche du monde, celle des résineux. On ne comptait plus les palais en faïence anglaise, les lustres en porcelaine viennoise, les trottoirs en céramique azulejos et les fenêtres en éclats de diamants biseautés.

Depuis que l'Irlandais Mac Intosh et l'Américain Nelson Good Year avaient découvert les vertus du caoutchouc et s'étaient mis à fabriquer de longs imperméables double boutonnage et des pneumatiques bien rayés, Manaus vivait dans une inflation galopante. Les bébés agitaient des hochets en diamant, les domestiques récuraient les fonds des casseroles avec des émeraudes brutes, les dentistes comblaient les caries de saphirs et les apothicaires recommandaient de laisser fondre une perle noire ou blanche dans une tasse de thé pour combattre les aigreurs d'estomac ou les brûlures du soleil…

À Manaus, on avait installé le premier téléphone d'Amérique du Sud, le premier télégraphe, le premier tram électrique qui reliait la maison du consul de France au théâtre Bleu. On envoyait son linge se faire laver à Londres et repasser à Paris car l'eau en Europe était plus douce et le travail plus délicat. On recouvrait les perrons de larges glaces pour vérifier l'état de ses bottines avant de sortir… Le cirque Barnum venait, chaque hiver, présenter ses avaleurs de mer, ses mâts de cocagne, ses monstres velus et rampants, ses hommes élastiques et la vedette du Stupre : Lola Montes. La liste de ses amants brodée sur son maillot, elle se balançait sur un trapèze au-dessus des cigares des riches planteurs et de leurs liasses de billets qu'elle ramassait du bout des dents.

De Paris, Londres et Berlin, les bateaux déchargeaient des curieux, affamés de richesses, qui venaient vérifier les miracles rapportés par les voyageurs.

Le grand-père d'Antoine n'avait pas résisté à la

curiosité et, du plus profond de l'Angleterre, il était venu participer à la formidable ruée au caoutchouc. Il avait vendu ses génisses et ses champs, laissé sa femme de seize ans, grosse d'un enfant. Quand il arriva à Manaus, il y trouva un tel affairement, une telle cohue, qu'il faillit retourner dans sa pacifique Angleterre. De belles étrangères, accourues du monde entier, s'étaient installées dans des vitrines décorées et recevaient tous les matins les prétendants prêts à leur verser pépites et promesses pour obtenir leur main, leurs nuits ou leurs faveurs horaires.

C'est ainsi que le grand-père d'Antoine rencontra Molly Saint-James, jeune Américaine du Dakota dont la vertu montait en flèche : depuis qu'elle avait ouvert vitrine à Manaus, elle avait toujours dormi seule. Elle attendait le riche prétendant capable de s'octroyer, pour toujours, sa vertu, ses yeux capucine et sa tournure parisienne. Tous les matins, elle recevait les propositions, alignait les planteurs émerveillés et les entretenait l'un après l'autre, en prenant des notes. Lorsque l'entretien était terminé, elle battait une ou deux fois des cils pour leur donner raison d'espérer et remettait sa décision à plus tard. Molly n'était pas pressée : elle avait encore six mois avant les pluies et les rues embourbées.

Quand il la vit, le grand-père d'Antoine sut qu'il ne retournerait jamais en Angleterre. Qu'il ne verrait jamais son enfant. Il avait peu à proposer à Molly Saint-James. Il avait beau bomber le torse et peigner sa barbe tout en faisant la queue, il ne se distinguait guère des autres prétendants.

Il venait juste d'acheter une plantation d'hévéas. Sa fortune était certes honorable et ancienne, ses affaires prometteuses, mais la belle Molly désirait beaucoup plus pour laisser tomber son gant.

Aussi lui vint-il une idée crapuleuse mais géniale.

Les cours de caoutchouc étaient établis, à chaque récolte, selon la fantaisie des planteurs de Manaus. Ces derniers, ne connaissant aucun rival au monde, exigeaient toujours davantage de leur production. Une nuit de mai, il chargea sur un cargo soixante-dix mille semences d'hévéas et les sortit, clandestinement, du Brésil, payant très cher une escorte de pirates. Beaucoup de semences périrent en route. Il n'en resta que trois mille à l'arrivée. Il les planta aussitôt à Ceylan, à Java et en Malaisie, constituant ainsi d'immenses plantations, qu'il fit connaître au monde entier et dont il vendit les récoltes à un prix bien inférieur à celui de Manaus.

Ce fut la fin du paradis vert ; le délabrement des palais de céramiques azurées, l'abandon des hochets en diamants sur les perrons glacés. Les planteurs durent licencier leurs seringueros, fermer leurs champs aux troncs lisses. Il y eut un chômage horrible, des milliers de morts de faim. Des imprécations montèrent vers le Ciel, maudissant le nom du grand-père d'Antoine.

Les colons partirent vers d'autres ruées, abandonnèrent le théâtre Bleu, le téléphone privé et les belles étrangères.

Molly Saint-James plia ses crinolines, rejoignit le grand-père d'Antoine en Malaisie, posa avec beaucoup de pudeur sa main dans celle de l'escroc de génie. Ils passèrent leur lune de miel sur une vaste pirogue, blottis l'un contre l'autre à se congratuler.

Devenu milliardaire et respecté, le grand-père d'Antoine s'installa à Washington, dans un palais blanc édifié d'après les plans de la demeure présidentielle.

Molly lui donna cinq garçons et treize filles. Seuls deux survécurent : Amy, la mère d'Antoine, et Jacques, qui ne dépassa jamais l'âge mental de douze ans. Le grand-père vit dans cet acharnement du sort un signe de la vengeance des seringueros. Il eut une fin de vie très triste, entouré de gardes du corps et de médecins.

Antoine est très fier de ce grand-père filou. Il veut voyager pour rencontrer des personnages aussi fantasques et fourbes. La table de ping-pong de Patrick me paraît totalement anachronique, je pénètre par enchantement dans un monde de contes de fées internationales où l'on est Prince Charlatan de grand-père en petit-fils…

Avant de partir, je veux revoir Ramona. Pour lui raconter. Je sonne chez elle en fin d'après-midi. Elle vient m'ouvrir, l'œil inquiet, un immense « et alors ? » dessiné en noir, au fond de la prunelle. Je lui dis tout : ma rupture première ratée, mes hésitations, mes remords, ma visite chez tante Gabrielle et le télégramme lâchement envoyé par les PTT.

Ramona sait très bien écouter. Quand je lui parle, elle est tout entière présente. Pas une oreille dans ses souvenirs et un œil sur la télé. Elle écoute tous sens livrés. Son dédain pour Napoléon, qu'elle avait si fort admiré à cause des pyramides, commença le jour où elle apprit qu'il pouvait dicter trois lettres à trois secrétaires, préparer un plan de campagne et se demander où pouvait bien être passée Joséphine… Ramona avait haussé les épaules et décrété que Napoléon ne présentait plus aucun intérêt.

Je lui décris Antoine, ses cartes routières, ses envies de personnages et de voyages. Quand j'ai fini, elle me dit doucement :

– Moi aussi, je pars. Loin. J'attendais que tu aies quitté Patrick. Je ne pouvais me résoudre à te laisser t'enliser dans cette petite histoire. Mais, aujourd'hui, je m'en vais. En Égypte. Retrouver les pharaons. J'étouffe, ici...

Ramona étouffe de ne pouvoir aimer sans paroles. Sans avoir à expliquer, à justifier. L'amour, selon Ramona, ne comprend ni virgule ni guillemets. Il permet toutes les extrémités, toutes les ivresses. Pourvu qu'on reste « œil dans l'œil ». C'est son expression.

Elle a compris qu'elle ne trouverait pas sa qualité d'amour dans les bibliothèques remplies de cœurs parcheminés, usés, rompus par les habitudes de la ville.

– Je pars dans une semaine, j'ai tout préparé...

C'est notre dernière nuit, toutes les deux seules.

Je suis émue comme à la veille d'une première fois.

Ramona absente, je ne sais plus très bien ce qui va m'arriver. Elle ne sera plus là pour rectifier ma raison trop folle en folie raisonnable. Depuis mes premières règles de trois, elle m'accompagne. On a mélangé nos alchimies pour grandir l'une dans l'autre. Elle m'a fait sortir des manuels de morale. Avec elle, j'ai appris que tout était normal, qu'on pouvait tout faire à condition d'aller jusqu'au bout de soi sans tricher ni mentir...

Je ne suis pas triste. Je sais que je la retrouverai, qu'elle restera toujours intacte, même aux pieds d'Osiris. Je sais aussi qu'elle veut passer cette dernière nuit avec moi. Le temps de respirer une dernière fois nos aventures d'enfance, du survêtement cocorico de M. Hector aux nuits constellées de chocolat de cet été.

Je téléphone à l'hôtel d'Antoine : il est sorti. Je laisse un message disant que je dors chez Ramona.

On ne parle presque pas. On se sent un peu vieilles et sages. Presque adultes. Et si, vers la fin de la nuit, nous nous retrouvons l'une contre l'autre, c'est plus en souvenir-souvenir que par désir de frissons…

Le lendemain matin, elle m'apporte un plateau de petit déjeuner. En kimono bleu et blanc, elle a les gestes graves d'une vestale diplômée. Lentement, doucement, elle immobilise l'instant. Avec une absolue concentration. Pour les faits les plus anodins comme pour les plus graves.

– Tout devient beau et unique quand tu y fais attention…

Ramona va me manquer. Beaucoup…

Je pars sur la pointe des pieds. Elle ne veut pas entendre mon départ. Je marche à reculons, gardant comme horizon le droit de son dos, ses cheveux noirs et les deux pans de kimono, les carreaux à damiers du vestibule où la belle dame blonde… Je referme la porte comme un tiroir plein de photos. Ramona et moi. Dix ans de baisers mouillés, de chiches accomplis, de rêves barbouillés. Et maintenant, toutes les deux séparées, sur des chemins différents.

En partance…

Pour notre voyage d'amour, Antoine m'emmena en Italie.

Seul, d'après lui, l'accent tonique italien était en harmonie avec nos états d'âme mandoline.

Il voulait que rien ne fût pareil. Pareil à mes amours avec Patrick. Comme je n'étais plus jeune-vierge-étonnée-et-tremblante, il imagina de recréer l'attente et le désir. Nous partîmes de Paris le 15 septembre, il ne me toucha pas pendant dix jours.

Nous faisions chambre à part. Dans chaque hôtel, en descendant vers le Midi, il prenait bien soin de préciser à la réception : « Je voudrais deux chambres séparées mais communicantes, s'il vous plaît. » L'employé nous regardait comme les plus grands tordus de la création. Car il était évident que nous n'étions ni frère et sœur, ni cousin-cousine. Antoine se comportait comme un amant fondant tout le temps, sauf le soir où il me renvoyait à mon lit, seule. Il voulait que j'oublie les nuits d'été où je m'étais offerte, sans très bien savoir qui il était et qui serait le suivant. Il était jaloux de la liberté qui m'avait jetée dans son plaisir. J'avais beau le supplier de me laisser dormir avec lui, il me conduisait dans ma chambre, m'embrassait et m'abandonnait dans le noir d'un lit inconnu.

Je ne voyais, n'entendais, ni ne goûtais plus rien. Tout entière concentrée sur le grand vide qui me nouait le corps. J'aurais donné n'importe quoi, signé n'importe quelle profession de foi ou acte de vente pour qu'il me prenne dans ses bras, me serre contre lui, me touche les cheveux, me caresse les épaules, respire dans mon cou, mouille de sa langue le bout de mon oreille. Obsédée, recroquevillée sur la violence de mon désir. Les journées avaient cent vingt heures. Je m'accrochais à ses lèvres, le caressais sans pudeur, menaçais de le renverser en pleine autoroute, lui racontais des scènes délirantes de luxure…

En vain.

À neuf heures, on nous apportait le petit déjeuner. Chacun dans sa chambre. Du fond de mes oreillers, je l'entendais se lever, déplier le journal, ouvrir les robinets.

Un matin, je décide de rester au lit, repousse les draps, enfile des socquettes, une chemise d'homme que je relève jusqu'au nombril. J'attends, les jambes juste ce qu'il faut écartées. Antoine frappe. Une, deux, trois fois. Je ne bouge pas, garde les yeux fermés. Il attend derrière la porte que je vienne lui ouvrir. Puis, il entre, regarde le lit, m'appelle doucement et, devant mon silence persistant, s'approche. Je sens son eau de toilette au chèvrefeuille. Il m'effleure la joue, passe sa main dans ma chemise, me caresse entre les seins. À peine. Comme on caresse une poupée qu'on vient de coucher et qui a fermé ses longs cils balai.

J'ai du mal à retenir le plaisir qui monte de mes talons celluloïde et me brûle. C'est ce qui m'a trahie. Passant la main entre mes jambes, les dessinant du doigt, Antoine s'aperçut que je mentais, que je ne dormais pas, que j'étais tout humide de l'envie de lui… Il me secoua, me força à ouvrir les yeux : « Petite tricheuse… »

La porte claqua. Je me retrouvai seule. Et conne. Inutile avec ma mise en scène ratée et mes chaussettes de marelliste attardée. Ridicule. Clouée au lit, pétrifiée d'inquiétude : « Et s'il ne revenait pas ? »

Je ne pouvais pas me lever, j'avais perdu le mode d'emploi de mes jambes. Longtemps après, le garçon d'étage frappa pour faire la chambre. Je me traînai jusqu'au fauteuil le plus proche et attendis qu'il eût fini. Je regardai en m'appliquant son aspirateur et ses éponges pour me raccrocher à des objets familiers. J'étais abandonnée. Sans usage particulier. Bonne à jeter. J'aimais Antoine de toutes mes forces, de tout mon désespoir. Amputée, s'il ne revenait pas. Capable de rien d'autre que de l'attendre, en comptant les fleurs du papier peint. Malade, achevée pour une odeur de chèvrefeuille qu'une Caravelle avait déposée dans ma vie de petite Française tranquille. Roulée en écheveau sur le lit, je récapitule tout ce qu'il m'a dit et qui prouve qu'il ne partira pas. Crédit et débit de mes chances au bonheur. Aussi coupable que, petite, lorsque j'entamais ma troisième tablette de chocolat, piquée dans le placard aux provisions… J'ai désobéi à Antoine. Je deviens complètement maso, soumise, les bras en croix, les jambes attachées. Dignité avalée et références abolies. Je découvre le plaisir trouble d'appartenir à un autre. Prête à devenir chose, chienne, pour qu'il revienne et ouvre la porte. La même impression de marché aux esclaves qu'entre les mains de M. Hector et son pendule correcteur.

Le soleil descend à travers les rideaux, l'ombre grandit dans la pièce. À chaque pas dans le couloir, mon estomac galope. Puis les pas s'éloignent et je retombe, toute tassée.

Je m'imagine partant seule, prenant le train, le nez rougi, les yeux bouffis, pas belle, personne pour me porter ma valise, arrivant gare de Lyon avec mon petit chagrin et plus d'illusions. Peut-être alors que Patrick... Lui, il me reprendra... J'ai été folle de croire au grand amour, de sortir de sous sa véranda. Je n'aurais pas dû. À cette heure-ci, je jouerais au gin avec lui. Il me dirait : « Je t'aime, tu es la plus belle, on aura beaucoup d'enfants, tu n'auras plus jamais de souci à te faire... »

Où est-il, Patrick ? Je ne pourrai pas le joindre. Il a dû partir. Pour oublier. Je sombre dans le chagrin toutes catégories. Antoine, Patrick, maman... Et les autres ? Qu'est-ce qu'ils vont penser ?

C'est à ce degré de découragement qu'Antoine tourna la poignée de la porte et me fit remonter à la surface. Il n'est pas parti, il m'aime toujours.

Il était tard, je n'avais pas mangé. Je n'avais pas faim. Je ne sentais plus rien. Il vint s'asseoir tout contre moi, releva mes cheveux, suivit la trace de mes larmes, m'enferma contre lui et m'embrassa tout doucement sur les tempes.

Cette nuit-là, nous avons dormi ensemble mais j'étais trop épuisée pour songer à en profiter. Nous avons quitté l'hôtel, fondus d'émotion, courbatus de désir.

J'adoptai une allure de petite fille sage, aux genoux serrés, à la sexualité distraite. J'écoutais, émerveillée, les Italiens nous faire le plein et nous servir au restaurant. J'aurais mangé n'importe quoi, assaisonné d'accent.

J'attendais et finissais par aimer cette attente.

À chaque hôtel, au moment de retenir les chambres, je suspendais mon souffle, l'envie tapie au fond du ventre. Je n'osais pas lever les yeux sur Lui. Il devenait mon maître, un personnage très important à ne déranger sous aucun prétexte. Et, quand je l'entendais prononcer : « Deux chambres s'il vous plaît », je cassais l'arc d'espoir tendu à l'infini, en quelques secondes, et me remettais dans la file d'attente. Pleine d'une volupté secrète. Je montais l'escalier, les yeux pointés sur mes chaussures, ébranlée par ce renvoi à une date ultérieure…

Arrivés devant ma porte, Antoine me regardait droit dans les yeux jusqu'à ce que je baisse mon regard, et me laissait seule. Je gagnais alors mon dessus de lit et attendais qu'il vienne frapper pour me convier à dîner.

Ce n'est qu'à Rapallo, petit port à proximité de Gênes, qu'Antoine consentit à faire chambre et volupté communes. Je m'étais habituée à devenir dorures, serrures, à me fondre dans le décor, pour ne pas entendre, à chaque hôtel, le verdict des chambres séparées.

Mais ce jour-là, devant mes paupières closes, il comprit. Nous avions roulé sans nous arrêter, laissant les dépliants touristiques et les vieilles pierres classées. Sans parler.

À Rapallo, Antoine choisit une pension cossue et familiale. Les murs ventrus semblaient gorgés de secrets de générations, d'intrigues, de comptes à régler. Une vierge dorée, sur fond bleu, étalait des doigts de pieds roses et blancs, boudinés de pierres précieuses, qu'un pêcheur baisait avec recueillement. C'était l'enseigne de la pension Gondolfi. La vierge arborait un air doux et compréhensif, le pêcheur un sourire de fraîche repentance. Sur le fond du pastel, on devinait une foule de visages haineux, montrant du doigt l'ignoble pêcheur et demandant réparation. Mais le malheureux ne craignait rien, réfugié sous le sourire et le manteau de la Madone.

Cette scène me fit une profonde impression et j'eus du mal à m'en détacher pour suivre Antoine. Ce jour-là, donc, il demanda à la grosse dame de la réception une chambre pour deux. Je demeurai muette, un peu embarrassée. Je ne savais plus comment dormir avec lui. Je ne voulais pas paraître trop hardie, trop ardente. Je décidai de lui laisser toute initiative pécheresse.

Un petit Italien sec et noir monta nos bagages, nous précédant dans l'escalier sombre, recouvert d'un tapis épais à ramages dorés. L'escalier débouchait sur un patio-conte de fées : un jet d'eau et des brassées infinies de verdure qui jaillissaient des pierres, des murs, des pelouses. Des fleurs rouges, jaunes et vertes. L'escalier contournait ce trou de verdure et chaque chambre s'ouvrait sur les massifs de fleurs.

Notre chambre était très grande ; haute de plafond et pourvue d'un lit d'infante espagnole : un lit à baldaquin, large et court. Tout était rose et blanc même le bidet à grosses roses imprimées. Le parquet criait à chaque pas, les portes grinçaient et l'armoire semblait receler de féeriques cadavres. Je n'aurais pas aimé dormir seule dans une telle chambre.

Le garçon attendait, plié en deux, son pourboire. Antoine lui tendit un billet, et il sortit.

Nous étions seuls. Avec nos imaginations, nos refoulements, nos dix jours de désir dans le ventre.

J'attendais dans le coin de la pièce. Antoine s'allongea sur le lit et me considéra longtemps. Je ne savais plus comment me tenir, sur quel pied me balancer et quel air afficher.

– Déshabille-toi.

Pas si loin de lui. Je ne voulais pas. J'avais trop attendu pour qu'il me traite ainsi. Je voulais de la tendresse, de l'amour. Pas être prise comme une pute.

– Déshabille-toi.

Je cédai. Je me déshabillai maladroitement. J'ôtai d'abord ma jupe, mon chemisier, mes chaussures et me retrouvai en culotte et chaussettes comme à la visite médicale.

– Complètement.

Complètement. Nue. Un peu honteuse. Pas certaine d'être si belle que ça. Mais mouillée d'envie.

– Viens maintenant.

Je m'approchai du lit, l'escaladai, fus happée par Antoine. Collée contre lui, verrouillée dans ses bras. J'enfonçai mon visage dans son épaule, consciente d'avoir parcouru un long chemin depuis Orly. Antoine avait cassé les pendules de ma tête. Je cherchais dans ses cheveux, derrière ses oreilles, l'odeur de chèvrefeuille. Il m'embrassa très doucement. En me dévisageant. Fit glisser sa bouche dans mon cou, sur mes seins, sur mon ventre. J'étais raide, offerte, pas tout à fait sûre de ne pas encore être surprise par une ruse de son désir. Je redoutais et attendais les mains qui descendaient le long de mon corps.

Il défit sa ceinture, son jean, envoya voler ses boots, sa chemise et son american caleçon. Je fermai les yeux. Je n'aime pas voir un homme qui se déshabille. C'est trop quotidien, trop vulnérable.

Puis il s'allongea sur moi. Doucement, lentement. Allant et venant entre mes jambes, les yeux fixés sur mon visage qui roulait. Il attendit que je jouisse la première, la bouche dessinée en une longue prière comanche.

Nous avions fait l'amour avec amour. J'avais joui de lui et de sa longue attente. Du temps retenu et de mes sens bâillonnés. Nous fîmes l'amour plusieurs fois cette nuit-là. Les yeux dans les yeux, la bouche dans la bouche, les sexes emmêlés. Sans nous déprendre ni nous heurter. Nous nous sommes arrêtés au signal du soleil filtrant à travers les rideaux. Enroulés dans notre lit de Ménines, sans souvenirs. Neuf et neuve pour une très belle histoire d'amour.

Nous passâmes quatre jours et quatre nuits dans la chambre blanche et rose de la pension Gondolfi. Sans sortir, sans déambuler dans les rues de lumières et de cris. Quatre jours à établir des rapports d'amour fou où je lisais dans les yeux d'Antoine tout ce qu'il voulait que je sois : offerte quand ses yeux se noircissaient, tremblante quand ses mains se crispaient dans mon dos, silencieuse quand il me griffait les reins et les cuisses de longues égratignures et me léchait doucement.

Nous aurions pu être dans un hôtel de Singapour ou d'Asnières, rideaux tirés, bruits assourdis, heures abolies. Les seules interventions extérieures étant les plateaux de nourriture où le signor Gondolfi faisait preuve d'une imagination raffinée, comme s'il avait voulu, ainsi, nous raffermir dans notre chasse au plaisir. Des pétales de rose sur les toasts au miel du petit déjeuner, des légumes gratinés d'amandes dorées à midi et des gaspascho aux mille odeurs le soir… À heures ponctuelles, pour ne pas déranger nos délices.

Le même garçon, noir et sec, frappait trois coups, attendait quelques secondes avant d'entrer, posait le plateau à portée de lit, puis repartait sans un regard pour la chambre bouleversée, les vêtements épars et les draps en tapon. On le voyait à peine. Il nous ignorait aussi.

Et Antoine me racontait…

Comment il m'avait aimée, le premier soir où nous nous étions rencontrés, dans l'obscurité atemporelle de l'été de Ramona, comme il avait été blessé que je ne l'identifie pas dans la ronde de mes plaisirs. Il se souvenait de tout : de ma manière d'embrasser, de croiser les bras derrière sa nuque, de l'appeler et de m'endormir, la bouche gonflée. Comme il m'avait détestée à ce moment-là.

Il avait longuement parlé à Ramona et ils avaient décidé de m'enlever à Patrick.

C'est Ramona qui avait tout organisé. Lui était juste arrivé à Orly avec sa grande valise et le cœur battant. Inquiet à la pensée que je ne rompe pas avec Patrick…

C'est pour cela qu'il m'avait emmenée très vite en voyage. Pour que je n'aie pas la tentation de regarder en arrière.

Et j'avais complètement oublié Patrick. Prise dans l'attente imposée par Antoine, je l'avais gommé de ma circonférence.

Antoine aimait raconter indéfiniment les débuts d'histoire d'amour. Il m'avoua qu'il me rappellerait souvent la nôtre. C'était un porte-bonheur.

Nous parlions pendant des heures, dessinant du doigt sur nos peaux nos chagrins, nos aventures, nos déceptions et nos grandes folies.

Antoine avait vingt et un ans et déjà beaucoup

voyagé. Dès l'âge de quatorze ans, il avait vécu seul, faisant ses études en France afin de connaître l'Europe. Ses parents lui avaient loué un studio, en face de la Sorbonne, et il avait appris, en même temps, le français et le boulevard Saint-Michel, les voitures de sport et les jeunes filles décapotées. Il vivait en solitaire. En garçon. Juste un copain de classes pour l'accompagner dans ses promenades nocturnes. À quinze ans, il savait faire l'amour, parler plusieurs langues et être à sa place partout.

Insolent, il provoquait. Ne trouvant personne qui relève ses défis, il avait choisi de retourner aux États-Unis, le baccalauréat et un certain art de vivre en poche.

Aux États-Unis, il s'était installé à Berkeley, l'université à la mode, celle où l'on fumait du H, où l'on voyageait en acide. Inscrit à une très sérieuse Business School, il avait essayé les drogues, mélangé les filles, vécu en communauté, abandonné son smoking et ses dérapages contrôlés trop français. Il avait alors connu une grande période d'exaltation où toutes ses violences et provocations s'étaient dissoutes. Il portait les cheveux longs, des foulards roses et des tee-shirts imprimés. Le plus souvent pieds nus. C'est ainsi qu'il allait chercher la lettre et le mandat mensuels de son père. Cool. Super-cool. Sans autre souci que de suivre la course du soleil et le cours du H sur le campus, de caresser la fille d'à côté et de feuilleter un cours d'économie.

De plus en plus distraitement. Jusqu'au jour où il n'eut plus envie de caresser, manger ou aller chercher son mandat. Juste envie de rester là, au soleil, à attendre que le temps passe. Les cheveux de plus en plus longs et l'âme vide.

C'est un article du *Time* racontant la fantastique aventure de Manaus et l'extraordinaire escroquerie de son grand-père qui l'avait rappelé à la vie. Les yeux photocopiant le journal, il s'était souvenu de son aïeul réfugié dans la longue bibliothèque de Washington. Son grand-père qu'il contemplait tout petit avec tant d'admiration... Qu'il voulait si fort imiter...

Cet après-midi-là, il téléphona à ses parents et leur annonça qu'il abandonnait Berkeley et continuerait ses études en Europe. Il étudia ses cours, révisa la Bourse et, en juin, se présenta à l'examen. Une fois reçu, il prit un billet d'avion et retrouva ses parents en France, dans le Midi où ils venaient d'acheter une propriété. Et où Ramona m'avait emmenée...

Il eut un long entretien avec eux : il fut décidé qu'il s'inscrirait dans une université européenne avant le mois d'octobre pour terminer ses études.

On était en septembre et Antoine ne savait toujours pas où se présenter.

Des baskets pour aller danser…

Sous les lampions de Portofino qui brûle les mâts des bateaux morts dans l'année. Des bûchers de longs troncs déguisés de fleurs et de rubans jalonnent le quai et des enfants dansent autour. Des lumières brillent aux fenêtres de chaque mâle venu au monde pendant l'été. On aperçoit les petits garçons, assis, appuyés contre les croisées, tout mouillés de renvois au lait et de salive de hochet. Les yeux vides, ils regardent défiler les grandes personnes, excitées par les préparatifs du feu de joie.

Il fait moite et chaud. Le maire étouffe sous sa cocarde verte, blanche et rouge, et s'éponge avec un grand mouchoir à carreaux qui fait une bosse dans la poche de son gilet. Un défilé de Saintes Vierges portées sur des épaules d'hommes parcourt les rues, faisant sourdre des sanglots, des bénédictions, des confessions spontanées. Les femmes, qui ont trompé leurs maris ou estourbi leurs enfants, se confessent à voix basse et se signent rapidement, profitant du pardon ambulant qui passe à portée de main. Les vieilles marmonnent des *ave*, n'ayant plus aucun péché à avouer, et les enfants se déculottent dans les coins, pour montrer qu'eux aussi peuvent désobéir…

Tout en haut, sur la colline, la petite église brille. C'est la nuit du Pardon universel, la nuit des Espérances, des vœux qu'on formule, appuyé aux pieds de son saint préféré.

Antoine m'a emmenée à Portofino pour me faire prononcer des vœux d'amour éternel. Il n'entend pas que je lui échappe. Le moindre regard coulé sur un autre, et ses sourcils dessinent des smocks. Vaguement flattée, vaguement inquiète, je limite mon horizon à son nez grec, à sa tignasse noire. Je l'écoute parler de la vie, des gens, de nous, et je suis bien, serrée dans ses bras, l'avenir tout mâché devant moi : il finit ses études, je pianote les miennes et nous partons aux États-Unis où il exerce un noble métier pendant que je lui fabrique de rondelets bébés. Je n'ose pas demander pourquoi je me retrouve toujours à fabriquer des bébés. La maternité a un caractère inéluctable que je ne remets pas en question. Je savoure son profil sur l'oreiller le matin, sa bouche dans mon cou le soir et son sourire à fossettes toute la journée. Je le regarde exister avec émerveillement et me mets à exister aussi. Si un mec aussi bien m'a choisie, moi, petite chose, c'est que je ne suis pas si mal que ça, finalement... Pas si moche, pas si bête.

Nous avons le même âge, le même rire. La même intransigeance. Fidélité, Loyauté, Vérité, c'est notre devise. Et mes dix jours de trépignation sexuelle m'ont démontré qu'Antoine ne tergiversait pas avec ses absolus.

Portofino est en fête et j'ai des lumières dans le cœur. Je souhaite très fort que le temps s'arrête. Que mes vingt ans soient éternels. Des farandoles courent dans les rues. On a retiré les bébés des fenêtres, et la musique d'une guitare électrique a remplacé les cantiques des saints. Les pêcheurs reprennent leurs habitudes, la conscience en paix : les mâts ont brûlé très fort, promettant une pêche miraculeuse.

Plus haut, dans la ville, sous les murailles de l'église où Antoine m'entraîne, on entend rire et s'étreindre les nouveaux couples qui baptisent leur amour contre les pierres froides et saintes.

La main dans la main, nous montons. Antoine me chante de l'anglais dans l'oreille et s'arrête tous les dix mètres pour m'embrasser. Arrivés près de la sacristie, il m'appuie sur le parapet. Son anglais s'éteint, il m'assoit sur le petit mur et m'écarte les jambes d'un geste sec et autoritaire.

– Non, pas là… pas là.

Pas si près de la sacristie. Mon catéchisme me l'interdit. J'ai peur que le curé nous surprenne, nous jette l'anathème, que les fantômes des mâts brûlés nous portent malheur, que les bébés couchés nous montrent du doigt dans leur sommeil.

Mais Antoine ne m'écoute pas. Les deux mains sous ma jupe, il me caresse les cuisses, enlève ma culotte, me laisse les fesses nues sur la pierre. Je frissonne. C'est dur et froid. Ses mains me frôlent, m'écartent, remontent, attrapent mes seins. J'ai la tête qui tourne. Il me prend à bout de bras, m'enfonce ; je croise mes mains derrière sa tête, je m'agrippe à ses hanches, j'oublie tout, la tête dans les étoiles, je tourne et tourne autour de son sexe. Aussi haut que les fusées d'artifice, aussi fort que les pétards de la fête. Tout se confond. Je ne sais plus avec qui je suis, ce que je fais là, je vire de tous les bords. Dans le noir de cette fin de cérémonie, dans un plaisir tourbillon qui m'arrache, me fait penser à d'autres bras, d'autres fêtes, il n'y a pas si longtemps. Submergée, éclatée. Je pousse un cri. Retombe. Disloquée. Sans conscience.

C'est quoi déjà votre nom ? Et moi je m'appelle comment ? Je suis redevenue le gigantesque nœud papillon qui émouvait si fort Patrick et me poussait au SMIC sentimental.

Toutes mes heures d'amour dans la pension Gondolfi ne signifient plus rien, à côté de cette crampe ascenseur qui me transporte direct à l'orgasme suprême. Me laisse essoufflée, égarée. La main sur la poitrine qui fait du deux cents à l'heure et les genoux flageolants.

Antoine m'observe, méfiant. De quoi est-ce que je souffre exactement ? J'essaie de lui expliquer ma nouvelle félicité. Mais comment ne pas le froisser en lui rappelant qu'un autre avant lui, à bout de bras aussi, m'a introduite au ciel magique ? Que sa crampe à lui n'est qu'une *bis repetita placent*… Tout un coup, la vie devient compliquée.

Il faut que je m'en invente une différente, avec Antoine. Que je la choisisse bien supérieure à toutes les autres essayées auparavant.

Je mets des mots bout à bout. Avec prudence. Sans faire allusion à Patrick. Son visage s'éclaire, ses bras deviennent protecteurs. Comme il m'aime d'avoir joui si fort. Je deviens encore plus précieuse, encore plus sienne.

Réduite à néant par mon ascension, je regagne péniblement la voiture avant de faire immersion dans l'édredon de la pension Gondolfi.

Un après-midi, où nous rentrons d'une promenade à Portofino, nous trouvons, à la pension Gondolfi, le signor propriétaire des lieux, entre deux gendarmes, menottes aux poignets et valise aux pieds.

À côté de lui, la signora Sérafina Gondolfi semble bouillir de rage et de mépris. Triturant son collier de verroterie pure, elle invoque, dans un murmure précipité, tous les saints de sa connaissance. Le signor, lui, fait triste mine et fixe éperdument le tapis comme si un chemin devait surgir et lui faire signe de le suivre.

Nous n'osons point interférer dans cette scène familiale et gagnons rapidement notre chambre. Je me dessèche de curiosité et demande à Antoine de sonner le garçon pour qu'il nous raconte. Antoine commande deux citrons pressés, et le même garçon sec et noué qui nous déposait les plateaux vient heurter la porte. Nous connaissons alors, grâce à deux billets verts, les aventures du signor Gondolfi.

Mario Gondolfi est né à Trieste dans une famille d'ouvriers nécessiteuse et encombrée. Tout petit devant la misère accentuée de son entourage, il fit le serment de devenir un homme riche et d'envoyer sa mama, tous les étés, à l'hôtel-restaurant. Ayant étudié à Trieste les attitudes des camelots qui haranguent les touristes, il apprit à parler des mains, rouler des épaules, et se lança dans le commerce du baratinage. Le baratinage consistant à proposer à un jeune niais, de préférence étranger ou distrait, une opération fructueuse moyennant finances. Ce pouvait être un tirage de loto, de toto calcio ou, dans un tout autre registre, une grande fresque mélo pour recueillir quelques lires en faveur de l'orpheline ou de l'opprimé.

Mario possédait une série d'histoires à vous tirer des larmes. Histoires qu'il ajustait à la tournure du niais.

Il fit rapidement fortune : sautant de Trieste à Venise, de Venise à Padoue, de Padoue à Ferrare. Pour semer la perturbation dans l'esprit des carabiniers.

Un jour, où il se promenait sur le Corso Italia à

Trieste, il rencontra Sérafina Deodata. Sérafina avait fière allure avec ses longs lobes d'oreille qu'elle remuait fièrement et qu'elle décorait de lapis-lazuli. Mario, fasciné, la prit pour une grande cantatrice, échappée de l'Opéra le temps d'un shopping. Il la suivit. Lorsqu'il l'aborda, il bafouilla son boniment pour cœur sensible avec tellement de trac que Sérafina, immobilisant de sa main libre ses chatoyants lapis-lazuli, lui répondit :

– Dites donc, ça marche d'habitude votre baratin ?

Mario resta bouche cousue, bras sans voix, devant tant de cynisme :

– Ben oui…

– Eh, bien ! ils ne sont pas futés les touristes d'aujourd'hui…

Mario, piqué, lui offrit une limonade et entama une conversation d'affaires. Si elle avait éventé sa ruse, c'est que son boniment prenait des ans… Et lui aussi… Si elle était si maligne, pourquoi ne se joindrait-elle pas à lui pour inventer d'autres combines ?

Sérafina était catholique pratiquante. La perspective de faire alliance avec un escroc lui donnait des vapeurs. D'un autre côté, elle venait d'investir ses dernières lires dans un tube de doré à lèvres et se sentait menacée d'impécuniosité imminente. Peut-être que ce petit homme à la moustache fine…

Les yeux baissés, les lèvres refermées sur la paille de sa limonade, les genoux bien serrés comme ceux d'une vraie dame, Sérafina s'enquit du montant exact des économies de Mario, de sa situation de famille, de ses prétentions futures. Puis, elle se dit qu'elle ferait sûrement une bonne action en épousant ce petit homme. Elle le remettrait dans le droit chemin et gérerait honnêtement un bien si mal acquis.

Elle fit alors un extraordinaire numéro de charme à Mario, enroulant ses lapis-lazuli autour de ses doigts, dessinant des baisers de feu de ses lèvres en lamé doré.

Mario la regardait, hypnotisé. Chez lui, dans son quartier, les femmes étaient rougeaudes, avec de petits lobes et des dents cariées. Il n'avait jamais approché d'aussi près une femme qui sente si bon.

Les sens en effervescence, il nota l'adresse de Sérafina. Commença une cour qui dura cent jours. Sérafina était superstitieuse et cent jours lui paraissaient un chiffre porte-bonheur. Au bout de cent jours, elle accorda sa main à Mario. Ils se marièrent à la basilica de San Giusto, et Mario promit devant Dieu d'apporter amour et protection à la fragile Sérafina et de veiller sur ses lapis-lazuli jusqu'à sa mort.

Une fois mariée, Sérafina changea. Elle déposa ses lapis-lazuli à la banque, décida de ne se peindre les lèvres en lamé que les jours de grande cérémonie, supprima son sent-bon, en mit un moins cher.

Ses longs lobes tout nus, ses lèvres toutes pâles lui donnaient l'aspect étrange d'une lune rousse.

Ils s'installèrent à Rapallo, ville balnéaire, achetèrent un hôtel « honorable et chic ». Sur la façade, elle fit peindre une fresque représentant la fraîche repentance de son nouveau mari, avec pécheur pardonné, Vierge qui a tout compris et angelots complices.

Mario eut beau fulminer, refuser de pénétrer dans l'hôtel si la fresque demeurait, Sérafina fut inflexible : elle voulait le pardon officiel de la Vierge.

Mario céda. Pour la fresque, pour les lapis-lazuli, pour le lamé doré des lèvres, pour les gâteaux pleins de beurre fouetté qu'elle commandait chez le pâtissier.

Comme au temps de son enfance et des ruelles misérables de Trieste, il s'ennuyait. Il rêvait. Sur le pas de la porte. Il traînait ses pieds du salon à la réception, de la réception à la salle à manger, de la salle à manger à la cuisine. Où il retrouvait Sérafina en train de compter, recompter, multiplier, diviser.

Elle mettait de moins en moins ses lapis-lazuli, trouvant de moins en moins de cérémonies à la vie. Elle craquait dans ses robes à ramages compliqués.

Mario réfléchissait au temps où il vivait dangereusement. Où chaque étranger était un oui à faire dire, un mirage à faire naître. Dans ces moments-là, il souriait doucement et appelait Sérafina « carina »…

Un jour, il décida de recommencer. La région était remplie de touristes, c'était trop tentant. Il chaussa ses bottines, prit sa canne à pommeau cuivré, l'autocar jusqu'à Portofino. Il choisit, pour commencer, une histoire d'orpheline abusée, poussée aux dernières extrémités, histoire qu'il répéta dans le car, cisela jusqu'au port et qu'il servit avec délectation à un gros Américain dans un anglais approximatif mais si chantant que l'Américain lui prêta trente mille lires. Avec assurance de les retrouver le lendemain. Mario rentra heureux. Il acheta une paire de boucles d'oreille pour Sérafina. La vie redevint attirante, excitante, valable d'être vécue. Sérafina ne lui parut plus énorme. L'hôtel fut modernisé, raffiné, poli, planteverdi. Chaque chambre regorgeait de bibelots précieux, de meubles centenaires gagnés lors des promenades malhonnêtes de Mario Gondolfi.

Jusqu'au jour où une vieille Anglaise, qui avait repéré et suivi Mario, le dénonça aux carabiniers.

Mario ne pourrait plus rêver, bonimenter, escroquer en paix.

Le garçon d'étage soupira. Il était triste. Il aimait son patron et les histoires sans morale. Désormais, il allait devoir rester avec la grosse vertu de Sérafina et ses méchants calculs. Il se moucha dans les billets.

J'étais songeuse. Je pensais à Mario Gondolfi, à Venise, à un touriste français naïf qui, en un jour, avait perdu le budget de son voyage de noces et l'estime de sa toute neuve épouse...

C'est dans cette atmosphère consternante que nous quittâmes Rapallo. Nous avions eu notre lune d'amour, il fallait maintenant regagner la vie active. Antoine devait se trouver une université, et moi de quoi subsister jusqu'à son diplôme final. Il y avait des universités adéquates partout en Europe. Paris, Lausanne, Munich, Londres... Je rayai Paris par envie de nouveau décor ; Munich ne me faisait pas faire des huit de joie dans mes chaussettes ; Londres non plus, avec son inflation galopante, ses logements squatters et son crachin générateur de rhumes. Tandis que Lausanne... son lac, ses tablettes de chocolat et son français à la traînante... Moi qui voulais me mettre au gazon, me magnétiser, respirer loin des fumées des boîtes ! Nous avions décidé de vivre ensemble, Antoine et moi. De faire cuisinière et lit communs. De vivre imbriqués, de ne faire plus qu'un. Mirettes contre mirettes pour le restant de nos jours.

Nous arrivâmes à Lausanne, c'était l'automne. Les montagnes pelaient vertes et jaunes, le lac rangeait ses cygnes et sortait ses feuilles mortes, les touristes quittaient les terrasses des bars à café. Lausanne, avec ses petites rues en colimaçon, ses marchés ouverts, ses banques multiples, me fit grand plaisir. Je me sentis en ordre dans ce pays qui compte un flic pour deux étrangers. Mon petit amour allait pouvoir grandir tranquille.

Nous inventions le temps. Rien n'était sérieux. Nous avions l'impression de jouer à la poupée tout en nous cherchant un appartement, un job, des copains, des permis de séjour. Nous ignorions tout des mœurs suisses et observions, amusés, la mine réprobative des gens lorsque nous traversions au vert ou en dehors des passages cloutés. On se croyait dans une ville de fées : Hans et Gretel en train de mordiller le macadam.

Depuis ma rencontre avec Antoine, je n'avais plus eu de ces moments de folle angoisse où je m'apparaissais sans avenir. Je n'avais plus envie de courir vers des vagues ou de faire mal pour exister. J'étais bien dans ma peau, bien dans notre peau.

Antoine s'inscrivit à l'université de Leysin, à soixante kilomètres de Lausanne. Mais il me promit de grouper ses cours pour passer le plus de temps possible avec moi. Je décidai de poursuivre ma licence par correspondance.

J'acceptais tout. Heureuse d'avoir une vie à organiser.

Les inscriptions d'Antoine terminées, nous n'avions toujours pas trouvé d'appartement ni de travail pour moi.

– Tant pis, déclara Antoine, on part pour Paris, on verra bien après.

À Paris, il devait retrouver ses parents et moi expliquer à maman que j'allais vivre loin d'elle, dans un pays étranger, avec quelqu'un qu'elle ne connaissait pas…

À la maison, je retrouve maman et Philippe. Et je raconte : Rapallo, Portofino, la pension Gondolfi, l'escroc de Venise, Antoine, ses études, notre envie de vie commune, ma promesse de finir ma licence par correspondance…

Maman écoute, réfléchit, donne son accord. Elle demande à faire plus ample connaissance avec Antoine et déclare que ce petit séjour en Suisse ne peut être néfaste à ma santé.

Et voilà. J'ai la permission de m'expatrier. Antoine passera devant le jury familial avec mention. Maman a un faible pour les Américains.

Les grandes questions du jour réglées, nous passons à notre intimité. Maman veut tout savoir : avant, pendant, après… Elle continue son éducation sexuelle à travers Philippe et moi, n'ayant que peu d'occasions de connaître le ravissement au septième ciel. Elle se refuse à prendre la pilule par peur du cancer, rêve encore du Prince Charmant beau-riche-intelligent-et-libre et, ne le trouvant pas, se contente d'idylles imaginaires avec son voisin de palier, son avocat, son médecin ou, quand elle se sent très hardie, le mari de sa meilleure amie. Mais concrètement, rien. Elle a, pour matérialiser ses fantasmes, l'expérience de ses enfants. C'est ainsi qu'elle apprend par Philippe que l'on peut faire l'amour autrement que dessus-dessous. Elle pousse un cri horrifié puis demande très vite des détails. Par-derrière, à cheval, enculer !! c'en est trop… Un temps de répit et elle reprend ses questions. Abasourdie par notre audace, ravie de notre franchise.

Elle se retourne vers moi et me demande :

– Toi aussi ?

J'acquiesce. Elle s'exclame, horrifiée :

– Comment peut-on sucer la chose d'un homme ? C'est répugnant…

Moi aussi, la première fois, j'ai trouvé ça répugnant. C'était avec Patrick, dans une cabine de la plage. Il avait ouvert sa braguette, exhibé son sexe et l'avait enfourné dans ma bouche. Sans explication. La bouche pleine, le cœur haut, je ne savais que faire. Je trouvais cela plutôt sale. Il me maintenait la tête dessus, s'enfonçait de plus en plus loin, frôlait mes amygdales. J'étouffais et il répétait : « Suce. » À genoux, écœurée, j'avais bravement sucé comme je l'aurais fait d'un sucre d'orge. Au bout d'un long moment, il avait poussé un soupir et éjaculé un liquide âcre et visqueux que j'avais aussitôt recraché.

Depuis, je n'avais pas un goût extrême pour la chose qui répugnait tant à maman. Je m'y soumettais à l'occasion. Pas de goût et l'embarras profond de ne savoir que faire de mes dents. L'appréhension continuelle de mordre, sectionner, blesser dangereusement…

Philippe, qui a des petites amies bien plus coopératives et a rattrapé en un an tout son retard en éducation sexuelle, raconte à maman comment il se fait sucer en alternant thé brûlant et Martini on the rocks, et combien le changement de température le transporte en des états supérieurs…

Bouche bée, maman regarde mon frère en se demandant s'il a encore toute sa raison.

– Non, je ne peux pas vous croire. Vous dites cela pour me choquer. Jamais votre père, avec qui je m'entendais délicieusement bien physiquement, m'aurait demandé ça…

C'est là tout le problème de maman. Elle demande à l'amour des frissons délicieux, ne se doutant pas que le délicieux vient souvent du plus profond sordide. Que le merveilleux naît parfois d'un geste obscène, d'une idée saugrenue… Quand j'ai léché le corps de Ramona enduit de chocolat chaud, j'ai eu les papilles et le sexe fondus de plaisir, vrillés de mille jouissances inconnues.

Pour maman, tout cela n'est que perversion. Sa seule interrogation, elle l'a résolue avec Masters et Johnson, le jour où elle s'est baptisée clitoridienne. Et pas question de prendre son plaisir autrement.

Mais, dans sa tête, elle enregistre. Je connais trop sa curiosité naturelle pour savoir qu'elle y repensera. Elle a trop confiance en nous pour laisser de côté une information. Maman-Camille qui, par manque de réalisation personnelle, s'était tout entière investie dans les idées reçues. Dans des images. Qui avait cru guérir son mal de vivre en faisant des bébés…

Depuis que son bébé était né, Camille rutilait de beauté : ses dents clignotaient, ses cheveux tenaient debout tout seuls, ses ongles s'allumaient rouges et bruns. On aurait dit une affiche en néon, une starlette peinte en phosphorescent.

Elle avait décidé d'appeler sa fille : Sophie. Sophie,

sagesse, bonheur, équilibre. Sophie qui, dès qu'elle hurlait, faisait apparaître un triangle violet entre les sourcils. Le triangle de sa colère.

Camille regardait dormir son bébé. Enfin, elle avait quelqu'un tout à elle, quelqu'un qui lui ressemblerait, qui lui appartiendrait, qui réaliserait ses folies et ses ambitions. Pour qui maman serait le bout du monde, la Vierge de l'immensité.

Camille souriait, loin de tous. Utile, reconnue.

Jamie, lui, ronflait de fierté, ratiocinait sur son bébé. Il la langeait, la délangeait, comptait les ongles, les cils, les sourcils, les doigts de pieds. Étonné devant la petite fente si nette du sexe, le rose des tempes et l'argenté du ventre.

Ils firent graver sur de jolies peaux de bananes naines leur faire-part de naissance : « Camille et Jamie Forza sont immensément fiers et heureux de vous annoncer la venue sur terre de Sophie-Hortense-Clémence. Tataro, le 22 octobre 1949. »

Le soir de la naissance de Sophie-Hortense-Clémence, Camille demanda à Jamie :

– Comment te sens-tu Jamie…

Ces simples mots de bon commerce entre époux, ce petit « tu » posé avec naturel et affection dans le creux de l'oreille de Jamie le transportèrent d'une félicité jamais ressentie auparavant. Après trois ans de noces consommées, Camille consentait, enfin, à lui offrir spontanément ce qu'il ne lui arrachait que lors des très grands moments d'ivresse. C'était trop d'émotion pour Jamie, ce jour-là. Il dut défaire le col de sa chemise pour aspirer un peu de réalité. Puis, il embrassa sa femme et sa fille, et partit en automobile, sur les bords de la mer. Pour disperser son émotion dans les vagues.

Il songea même un instant à enjamber les embruns et à se laisser engloutir dans la profondeur de l'océan.

– Je ne serai plus jamais aussi heureux que maintenant… Je lui ai fabrique un beau bébé et elle m'a dit « tu »…

Il répétait cette phrase comme un magicien une formule cabalistique. Prenait à parti les mouettes, les alligators, les carpes, les baleines, les coquillages et les crevettes. Assis sur la plage comme un butin échoué. Encombré de son transport de joie.

Il resta assis longtemps. Puis sa tête se mit à tourner plus doucement, les baleines, les alligators, les mouettes, les carpes, les crevettes repartirent, en haussant les épaules devant un bonheur si humain, si normal… Il se releva, essuya le sable de son pantalon pour ne pas risquer d'égratigner le bébé et repartit, en faction, aux côtés de sa petite famille.

Le temps et le bonheur s'écoulèrent. Tranquillement. Sophie grandissait en centimètres et en lumières. Camille flottait de sérénité. Jamie avait repris le cours du barrage.

Il demanda sa mutation afin que Sophie-Hortense-Clémence connaisse les usages français. Mais, avant de partir, il fallut vérifier le bon fonctionnement de son barrage…

Le jour où on emplit la vallée d'eau fut un grand jour pour Tataro. Le village avait été entièrement reconstruit de l'autre côté du mur de retenue mais les habitants voulaient voir leurs anciennes maisons disparaître dans les remous.

À midi moins le quart, ils se rassemblèrent aux côtés de Jamie, s'alignèrent au lieu-dit « point de vue ». Tous très dignes, habillés de noir, des chapelets dans les doigts et des lunettes fumées pour dissimuler leur émotion.

À midi moins une, Jamie donna l'ordre à l'ingénieur sous-chef de lâcher les eaux du fleuve. Tout se passa comme prévu par les plans carbone de Jamie : les maisons parurent arrachées au sol, flottèrent un instant puis disparurent, englouties. On vit s'accrocher un moment l'école, l'église et l'hôpital, puis plus rien... Des fenêtres éclataient, des charpentes volaient, des murs croulaient...

Il n'y eut ni secousse suspecte ni tremblement du ciel. Jamie était très fier. La main de Camille sur son bras, celle de Sophie sur l'épaule, il se sentait le plus étoilé des hommes. Puis il y eut festivités dans les rues. L'instituteur-éditeur-libraire fit un grand discours sur la magie des eaux et des calculs de Jamie. On dansa toute la nuit. Les habitants regagnèrent leur maison avec du champagne dans la tête.

Cette nuit-là, Jamie tira Camille de ses rêves et lui demanda si elle ne voulait pas un second bébé. À moitié endormie, elle lui répondit que non, c'était encore trop tôt, Sophie-Hortense-Clémence n'avait que trois dents et neuf mois, on avait bien le temps de programmer un autre bébé... Mais Jamie avait envie de redevenir papa. D'un petit garçon à qui il transmettrait le secret d'un barrage sans fissures. Il décrivit à Camille un petit garçon en culottes courtes qui dirait « papa » et tiendrait son crayon bien droit. Camille sourit à cette image, lui dessina un pantalon de flanelle grise, lui fit la raie de côté et laissa Jamie monter sur elle avec solennité. Jamie donna toute son attention à la fabrication de son petit garçon et Camille, attendrie, ne sut plus que penser, trop respectueuse de l'envie chef de famille de Jamie.

C'est dans le grand lit de Tataro, le soir du bon fonctionnement du barrage, alors que roulait dans les têtes le grondement des eaux, que Philippe fut conçu.

Puisque j'étais à Paris, j'allai voir tante Gabrielle.

J'aimais bien marcher jusque chez elle. J'empruntais des rues sans magasins à néon, des rues pavées qui ne laissent passer qu'une voiture dans un sens. Son immeuble avait été construit par le fils de l'architecte de la tour de Pise qui, en révolte contre un père trop autoritaire, avait incliné l'immeuble dans le sens opposé de la célèbre tour. Tante Gabrielle habitait au quatrième. Son appartement suivait une douce pente qui obligeait à s'arrimer à une rampe quand on passait du salon à la salle à manger, si on ne voulait pas être entraîné dans la chambre à coucher.

Je ne l'avais pas prévenue, aussi actionnai-je fortement le pompon sonnette accroché à la porte d'entrée. J'entendis tante Gabrielle escalader la côte qui mène de sa chambre à l'entrée et s'essouffler un peu au passage qui sépare la salle à manger du salon… Puis elle vint m'ouvrir. Elle poussa un oh ! enchanté et me serra sur son camé.

Je regardai autour de moi : les graines de pamplemousses avaient beaucoup poussé, les noyaux d'avocats s'épanouissaient en larges balais verts et les papyrus recouvraient tout un mur… Je la félicitai pour ses doigts chlorophylles.

Elle commença par me donner des nouvelles de toute la famille, du bac de l'un aux fiançailles de l'autre. C'était un interlude car elle savait que ça ne me passionnait pas.

Au bout d'un quart d'heure, tout agitée d'envie de lui raconter, je lui annonçai :

– Tante Gabrielle, je vais vivre avec Antoine…

Je lui décrivis tout : le voyage, les dix jours d'attente, Portofino, la crampe mystérieuse. Elle se montra très satisfaite que la crampe ne soit pas privilège exclusif de Patrick et me demanda si j'avais réfléchi à l'origine de cette jouissance si forte.

– Non, justement. C'est ce que je n'arrive pas à comprendre. Au début je croyais que cela venait de Patrick et voilà que ça recommence avec Antoine. Mais pourquoi sur un mur, contre une église ?

Tante Gabrielle me répondit qu'avec Frédéric, elle n'avait eu besoin ni de muret ni de bras porteur. Alors ?

Nous étions perplexes. Perdues devant l'étendue du mystère. Devant ce plaisir fou qui recroqueville, irradie et transcende l'imagination. Elle y avait goûté tout le temps de son amour interdit, il me tombait dessus par surprise. Je ne savais même pas quand je le rencontrerais à nouveau.

Je sentis que je posais un problème à tante Gabrielle. Elle allait le remuer de longues journées devant ses plantations.

Je lui parlai de Lausanne, des études d'Antoine, de notre dînette. Elle me demanda la couleur de ses yeux, le grain de sa peau, la longueur de ses mains, le son de sa voix, l'éventail de son sourire…

– Et ses yeux, il rit avec ?

Comment s'endort-il ? Rêve-t-il ? Comment m'appelle-t-il quand il veut me prouver qu'il m'aime très fort ? Elle veut tout savoir.

J'exhume de mon récent passé des intonations, des fossettes, des expressions. Elle a l'air satisfaite.

– Ne passe pas à côté de lui. Je l'aime bien ton

Antoine. Mais fais attention à ne pas te laisser engloutir, ce serait dommage…

Se construire à l'intérieur. Le vieil adage de tante Gabrielle. Je ne la comprends pas, je l'écoute et les mots ne veulent rien dire. Pourquoi me construire toute seule quand Antoine est là ?

Et pourtant elle a l'air si bien, elle, construite de l'intérieur. Il doit y avoir plusieurs manières d'être heureuse : moi, c'est Antoine ; elle, c'est le cosmos et la solitude…

Avant de partir, elle m'offre une boucle d'oreille à pendant rubis.

– Parce que ça va si bien avec ta passion toute neuve…

Nous remontons vers l'entrée. Je la sens légère à mon bras. Elle me fait promettre de lui amener Antoine, et me dépose un petit baiser framboise sur les lèvres.

Le lendemain, maman me réveille avec une grosse enveloppe brune, pleine de timbres bariolés et de hiéroglyphes. Ramona. Ramona partie depuis un mois au pays des pharaons. Partie. Par manque de chatoiement. Par nécessité urgente de palmiers à se planter dans la tête. De sable fin à lisser entre ses doigts. De dromadaire à enfourcher… Ramona, ma siamoise. Mon grain de beauté jumeau. Au menton pointu comme son malaise de vivre. Ramona qui croyait mourir à vingt ans en crachotant dans un mouchoir de batiste.

Je laisse Antoine, endormi, et me réfugie dans la cuisine. J'ai toujours peur de ce qui va arriver avec Ramona, sorcière aux filtres croupis à Paris…

Elle me manque. Paris, sans elle, ne ressemble plus à rien. Sa lettre souligne son absence comme une évidence obscène.

Je décachette soigneusement l'enveloppe et extirpe une liasse de feuillets bruns à texture spongieuse où l'encre fait de gros pâtés. Du papyrus tacheté.

« Ma conformiste chérie,

Je t'écris d'un petit village près d'Ismaïlia, sur les lacs Amers. J'y suis arrivée après un voyage d'un mois à travers l'Italie, la Grèce, la Turquie, la Syrie, le Liban et Israël. Je suis allée assez vite car je voulais gagner le pied des pyramides le plus tôt possible. Aucune rencontre intéressante pendant le voyage : j'étais trop absente pour qu'il m'arrive quelque chose. J'ai loué une petite maison sans confort. J'étudie mes parchemins. Ici, les gens sont beaux, nobles et pas concernés, ce qui me plaît beaucoup. Ils disent bonjour de profil enjoignant les mains, ce qui signifie qu'ils t'acceptent dans leur communauté. La vie est très simple, réglée sur les travaux des champs. Tu me manques beaucoup et j'ai l'impression d'avoir un grand trou dans le côté. Je pense très fort à toi. Je suis sûre que je trouverai ton destin écrit sur les parois d'une pyramide. Dès que je l'aurai déchiffré, je te l'enverrai. Tu peux m'écrire à B.P. Lacs Amers, Ismaïlia, Égypte. Il y a des jonques qui apportent le courrier. Je t'embrasse ma châtaigne éclatée. Ne fais pas de bêtises programmées, je t'en supplie. Ne profite pas de mon absence pour réintégrer un cours d'existence paisible et bête. Je t'aime. Ramona.

P.S. : Embrasse Antoine. »

Ramona sur les lacs Amers… Seule dans une cabane de pêcheurs. Ramona, paisible et sereine, auprès des pharaons… qui écrit sur du papier tacheté et circule en jonque…

Ramona, tante Gabrielle. Elles inventent leur bonheur, hors des lois du monde, et vaquent à leur félicité sans s'encombrer des autres. Je me sens incapable de tant de détachement.

Je les aime et les admire en silence. Impressionnée par leur force et leur indépendance. Sans Antoine, je suis perdue. Et avant, sans Patrick, je flottais… Alors qu'elles poursuivent leur bonheur toutes seules, je m'accroche à un autre pour y arriver. À deux, ça va mieux. À trois, quand il y avait maman et Philippe. Ramona et tante Gabrielle sont des marginales, d'après l'opinion publique… Tandis que moi, je fais comme tout le monde, je suis englobée, comprise, normalisée…

Elles me serrent aux entournures avec leur bonheur sur mesures, leur absolu ouragan. Laissez-moi vivre heureuse avec Antoine. Avec lui, j'y arriverai, j'en suis sûre. Je ferai tout pour que ça marche…

Deuxième partie

Et j'ai tout fait. Absolument tout.

Je me suis coulée, docile, dans le moule de la petite fiancée au grand cœur. Nous sommes arrivés à Lausanne deux jours avant le début des cours d'Antoine. Je me suis vite retrouvée seule. Sans appartement ni travail. Avec ma valise et mille francs que m'avait donnés maman.

Les parents d'Antoine, sceptiques devant la nouvelle passion de leur fils, avaient déclaré qu'ils paieraient volontiers ses frais universitaires (chambre sur le campus, cours et bifteck), mais, en aucun cas, ceux de notre petit ménage. De son faste d'antan, Antoine ne gardait que la voiture, condition indispensable pour faire l'aller-retour entre Lausanne et Leysin.

Il était urgent que je me mette à travailler.

Je pris une chambre d'hôtel à dix francs (chambre à l'entresol, w.c. au cinquième sans ascenseur) et épluchais les offres d'emploi. Je glissais des pièces dans des cabines téléphoniques, vantais mes nom, prénom, qualités à une vingtaine de directeurs de cours privés avant d'être engagée par l'école Z… À 6 francs 40 de l'heure.

Payée au sous-SMIC, traitée à la chaîne, je commençais à sept heures du matin pour finir à dix heures du soir. J'apprenais à de gras et stupides élèves (en majorité Suisses allemands) les finesses de notre langue, grâce à un système pédagogique qui tenait dans une valise.

Dans la valise se trouvaient des crayons, des règles, des cartons, des cubes de couleurs que, tel un prestidigitateur, j'agitais sous le nez des élèves, en demandant : « Qu'est-ce que c'est ? Est-ce un gratte-ciel ? Non, ce n'est pas un gratte-ciel, c'est un carton... Qu'est-ce que c'est ? Est-ce une girafe ? Non, ce n'est pas une girafe, c'est un crayon... Qu'est-ce que c'est ? Est-ce une table ? Non, ce n'est pas une table, c'est une règle... » Le tout accompagné de mimes et de contorsions appropriés, pour souffler la bonne réponse à l'élève ébahi. Car il était interdit de prononcer un seul mot d'allemand ou d'anglais et l'élève devait assimiler règles de grammaire et vocabulaire à la seule vue de mes exhibitions...

Je rentrais de mes journées de travail la tête pleine de petits cartons. Je me faufilais dans ma chambre entresol, m'allongeais sur le lit et attendais le coup de téléphone d'Antoine. Et s'il avait le malheur de commencer une phrase par « Qu'est-ce que c'est ? », je le menaçais de suicide précoce.

C'était la descente aux Enfers culturels. Je titubais de sommeil, renversais le contenu de ma valise pédagogique et luttais contre la dépression de mon esprit.

À l'heure du déjeuner, je reprenais les petites annonces. Immobilières, celles-là. Affrontais gérances, propriétaires soupçonneux et tatillons, cautions, reprises. Je trouvai enfin un studio. Fonctionnel, propre, 20 mètres carrés. Un chef-d'œuvre de l'illusionnisme. En entrant, la pièce semblait vide mais, en tirant des poignées par-ci par-là, on voyait apparaître un lit, une table, une étagère, un plan de travail… La baignoire était sabot, le bidet escamotable et la cuisine encastrée. J'étais « chez nous »… Je pouvais quitter mon entresol et irais désormais aux toilettes sans correspondances.

Antoine, n'ayant pu grouper ses cours, ne venait à Lausanne que les week-ends. Je me retrouvais donc seule le soir, devant ma télé louée, un potage Maggi dans les mains…

Ma merveilleuse histoire d'amour virait au mauvais mélo. J'étais passée du conte de fées à carton-crayon-dodo. Je compensais par une consommation hypercalorifique de chocolats, brioches, croissants, cakes et autres friandises, cherchant consolation dans le glucose. Résultat : des bourrelets, des rafales de boutons et un pas de plus vers la déprime.

J'étais seule, mais pas complètement abandonnée. Mon cas intéressa très vite d'autres désolés : des privés d'affection, des déracinés, des frustrés par la société de consommation.

Mon directeur, par exemple. Un honnête jeune homme apparemment bien cadré mais qui souffrait d'interrogation existentialiste : Qui suis-je ? Où suis-je ? Que fais-je ? Fais-je bien ?

Il prit l'habitude de venir monologuer, sombrement, à mes côtés, sur sa vie conjugale, son divorce probable, la monotonie de son travail et la destinée des multinationales… Je le plaignais, hochais la tête avec chaleur mais repoussais fermement la main qui montait sous la table. Comme je voulais être bien vue, bien notée et rapidement augmentée, je n'osais pas le repousser trop loin. D'où une gymnastique délicate entre le « je vous aime bien, vous savez… » et la porte claquée au nez lorsqu'il me raccompagnait de trop près.

Et les élèves ! Surtout ceux qui payaient le prix fort, ceux des leçons privées. Ils se croyaient autorisés, vu la cherté de la vie, à me balancer des œillades. Clins d'œil agressifs et tentative de corruption par moyens astucieux.

Il y avait un directeur de chocolaterie, tout rose et rond, qui commençait les leçons en sortant de son attaché-case un assortiment de tablettes et me les offrait avec de la bave sur les lèvres. Je mangeais le chocolat mais refusais de le suivre dans des échanges moins alimentaires.

Je me réconfortais en rêvant à un avenir roman-feuilleton où, habillée page de mode, je séduirais un fils de cheikh et irais dépenser mes roupies au soleil. Je me faisais du cinéma dans les tristes locaux marron de l'école Z…, m'inventais des romans d'amour magnifiques tout en ânonnant des accords de participe passé à un public complètement déplacé dans mes fantasmes. Quand je revenais parmi eux, j'avais des bouffées de désespoir devant la médiocrité de ma situation…

Heureusement, il y avait le samedi et le dimanche… Jours avec Antoine. Il arrivait, charmant et entreprenant, me félicitait sur notre petit intérieur, sur le veau sauté qui mijotait dans la cuisine-placard, l'émail éclatant de la baignoire… Il me racontait sa semaine loin de moi, la bobine de ses profs, les fêtes entre copains. Me serrait dans ses bras, me disait combien je lui avais manqué.

Nous redevenions Hans et Gretel, ressortions la dînette et les serpentins. Devant tant d'amour heureux, je me promettais d'avoir du courage, de ressembler à l'image qu'Antoine avait de nous : vaillants et amoureux. Ne pas le décevoir…

Nous partions sur les côtes et les pentes de Lausanne. Il me photographiait, au Nikkon, m'emmenait voir les cygnes en pédalo, me gavait d'emmenthal. Fromage et gâteaux, calories bourratives et pas chères. Je grossissais, portais des jupes larges, d'amples chemises et des soutiens-gorge. Antoine, ravi, me caressait les seins.

Blottie contre lui, j'oubliais ma semaine. Il me racontait une vie où nous n'aurions plus jamais de problèmes d'argent, où nous pourrions entrer dans les restaurants, faire la queue au cinéma, acheter disques et livres. Je l'écoutais émue et rassurée. Le lundi, il repartait. Je reprenais ma valise et mes ânonnements. Notre immeuble était peuplé d'étrangers, étudiants pour la plupart, et un semblant de vie communautaire s'installait. Des liaisons, des ruptures, des amitiés. Des tentatives de bonheur.

Sur le même étage que moi, habitait un Français fils-à-maman qui, devant ma résistance à ses avances, sonna un soir et me proposa un vibro-masseur.

L'infidélité était la dernière félicité à laquelle j'aspirais. Percluse dans mon rôle de petite femme vertueuse et amoureuse, je n'avais pas la moindre envie de rouler dans d'autres bras que dans ceux d'Antoine. Tromper me paraissait un acte monstrueux réservé aux seuls dévoyés.

Et pourtant…

Je ne trompais pas Antoine mais, petit à petit, je multipliais les passions autour de moi. Pour meubler mon ennui de vivre et ma solitude.

Je faisais de longues promenades avec Ken, Américain aux yeux bridés, à la peau boutonneuse, moins débile que mes autres élèves… Il me prenait la main, me récitait *l'Attrape-cœurs* et ciselait des « I love you » sur le tronc des chênes…

Je continuais à dîner avec mon directeur, continuais à l'écouter attentivement et continuais à ne pas lui envoyer de soufflets sous peine de licenciement.

Je me laissais couvrir de fleurs par un autre Yankee, quadragénaire celui-là, les cheveux en brosse et le loden boutonné, qui me dissertait sa flamme en me parlant IBM.

Toutes ces idylles platoniques me prouvaient que j'existais puisqu'ils étaient si nombreux à m'aimer.

Cela me mettait quelquefois dans des situations embarrassantes : quand Ken me coinçait contre l'écorce d'un chêne ou que le quadragénaire en brosse sonnait à ma porte à minuit…

Je n'avais pas envie qu'ils me renversent, je voulais juste les entendre répéter leur amour pour moi. Mais, une fois leur flamme déclarée, je ne savais plus comment les arrêter. Ils me traitaient d'allumeuse, je protestais et répondais en réaffirmant mon amour pour Antoine. Leur dire non définitivement, c'était me priver de leurs déclarations ; leur dire oui, c'était trop me demander…

J'admirais les filles qui envoient rebondir loin de leur univers ceux qui ont l'incongruité de leur caresser l'épiderme sans autorisation. Elles étaient mes héroïnes, mes pirates. Je rêvais de leur audace, moi qui disais toujours oui, empêtrée dans mes contradictions, paralysée par toute volonté étrangère.

En plus, je culpabilisais. Je me traitais de pauvre conne. Toute mon énergie passait dans ces injures personnelles…

Bien entendu, je ne parlais pas à Antoine de ces

égarements. J'évoquais simplement Untel « amoureux de moi ». C'était bien plus joli et flatteur.

Jamais je ne lui fis part de mon incapacité à m'assurer l'affection des gens sans m'embarrasser de leur amour.

Antoine week-end, Antoine bonheur. Dans les bras d'Antoine, sous la bouche d'Antoine. Antoine qui ne se doutait pas de la précarité de ma situation morale ni du trouble qui m'habitait. En semaine…

J'avais vingt ans et je grossissais dans une ville étrangère. Privée d'extraordinaire.

Je devenais bête furieuse.

Les week-ends avec Antoine ne suffisaient plus à calmer ma colère devant l'absurdité de l'école Z…, l'exiguïté du studio et le vide continu de notre porte-monnaie. Les fins de mois s'étiraient interminables et désolantes.

Le manque d'argent rongeait notre amour, perpétuellement endommagé par les notes à payer. Et pourtant, on s'aimait. On jouait les détachés des biens matériels.

Mais on y parvenait mal. Moi surtout. Vivre désargenté en Suisse est un supplice permanent. L'argent est partout, triomphant et respecté. Il faut payer comptant le garagiste qui vidange la voiture, comptant le loyer, comptant les stores qu'on nous obligeait à poser, comptant les contraventions… En chaque Suisse, j'apercevais une tirelire cachée. J'avais envie de crier : « Pouce ! je ne connais pas les règles du jeu, laissez-moi un peu de répit… »

Mais c'est la loi d'être comptant tout le temps. Et la loi est toujours appliquée.

Je multipliais les leçons à l'école Z..., prenais des élèves en dehors de mes cours et ânonnais semaines et dimanches des règles de grammaire et des fautes d'orthographe.

On ne se retrouvait le week-end que pour constater notre pénurie grandissante. On essayait de tenir le coup le plus haut possible, menton fier et ventre creux, de ne rien dire, de ne pas parler bœuf bourguignon mais la rancune naissait, sournoise et patiente. Antoine supportait mieux les privations que moi. Pourvu d'un naturel plus abstrait et d'un solide quotidien pendant la semaine, il trouvait presque intéressant d'être privé une fois dans sa vie. C'était son apprentissage de la vie dure, il rejoignait son grand-père et la légende dorée... Mais moi...

Un jour où nous étions allés faire des emplettes au Carrefour régional, je me mis à baver de convoitise devant une boîte de Nescafé. Une grande boîte de café pour mes retours de cours, en plein hiver. Du café brûlant que je tiendrais longtemps dans mes mains, que je boirais à petites gorgées, qui me réchaufferait tout le long de la moelle épinière... Le goût du café. On l'avait supprimé depuis longtemps, car éminemment trop cher. Mais là, tout à coup, je craquai. Je la voulais de toutes mes forces cette boîte de Nescafé. Je délirais, debout, dans l'allée encombrée de chariots, quand Antoine, ayant repéré l'objet de mon éblouissement, m'assena un non péremptoire.

– Non, on ne peut pas. C'est trop cher...

– Comment trop cher ? On n'a qu'à supprimer la bouteille d'huile, le savon et les pommes de terre...

– Pas question, le café c'est un luxe. On peut s'en passer...

Ma rage se mua en boule bouillante dans mon estomac. Je me mis à le détester. Je fulminais, droite, parmi les ménagères du samedi après-midi qui remplissaient gloutonnement leurs chariots.

Antoine m'entraîna fermement vers la voiture où je donnai libre cours à ma rage. Je le traitai de tous les noms : de minable, de petit, de sans couilles au cul, d'incapable de me couvrir de Nescafé, de remplir son rôle de mec. Toute mon impuissance passée à tirer des billets de banque, à faire des hold-up remontait. Lui restait calme, imperturbable, ne semblait pas entendre le bruit de mes insultes. Indifférence qui me faisait redoubler de colère baveuse. La route se brouillait devant mes larmes, je lâchais l'injure finale :

– Je n'aurais jamais dû venir vivre avec toi, t'es qu'un pauvre fils à grand-papa... Sans rien dans le ventre.

Ce jour-là, Antoine me déposa avec les paquets de Carrefour devant notre immeuble, ferma la portière et partit.

Parti. Plus personne. Seule. Sans épaule sur qui finir mes nerfs puis déposer mes larmes. Je remonte mon filet à provisions litigieuses dans mes 20 mètres carrés, m'assois sur la moquette. Et pleure.

Pleure d'avoir dit tant de choses à mon bel amour... Au fond, il n'y est pour rien si on n'a pas d'argent, si ses parents refusent de nous assister, s'il est obligé de poursuivre une scolarité avancée qui l'empêche de m'offrir plein de Nescafé. Antoine... Je sanglote son nom, retourne ma colère contre moi, réalisant que, si je suis dans ce studio fantôme, c'est parce que j'ai décidé de vivre avec lui. Lui absent, ma vie suisse n'a plus aucune signification. Si j'accepte l'école Z..., les petits cartons, les croissants beurre comme plat principal et le même shetland depuis mon immigration, c'est parce que je l'aime, qu'il m'est nécessaire pour respirer, qu'il gomme tout avec son odeur de chèvrefeuille… Mais alors pourquoi est-ce que je ne supporte pas tout ça plus stoïquement ?

Quelque part au fond de moi, il y a quelqu'un pas content du sort qui lui est réservé. Ce n'est pas mon amour pour Antoine qui cloche mais moi… Le bonheur intérieur de tante Gabrielle c'est peut-être ça : la faculté merveilleuse d'être heureuse même si on est privée de Nescafé…

Je me rappelle mes angoisses avec Patrick, mes fureurs contre ses tricots de corps, mon incapacité à être heureuse. Et si ça venait de moi et non des autres ? Si le bonheur n'était pas un cadeau magique incorporé à un monsieur mais plutôt un jeu de cubes à édifier soi-même ?

Tout se brouille dans ma tête. Je ne suis plus très sûre d'avoir compris, je m'endors barbouillée de larmes.

Antoine ne rentra pas le lendemain. Ni le surlendemain.

Pendant toute une semaine, je l'attendis, téléphonai à son université, envoyai des pneus, des lettres, des urgences. Rien. Pas un signe d'amour. Je ne touchais plus à mes croissants beurre, errais fantôme dans les couloirs de l'école Z…, parlais anglais à mes élèves et perdais mes kilos superflus.

La vie ne valait plus la peine d'être continuée. Je n'avais plus qu'à m'asseoir sur le bord du trottoir et à vieillir, tranquille. Me réveiller le matin était un cauchemar, m'endormir une question de somnifères. L'oreille tendue vers les moindres pas, dans le couloir, je dormais de dix minutes en dix minutes. Je traînais ma non-existence dans les rues et sur les bords du lac.

Mes nerfs commençaient à craqueler, lorsqu'un soir, où je l'appelais par routine à son université, on me répondit :

– Ne quittez pas, je vous le passe.

Je faillis raccrocher. Je ne savais plus quoi dire. Muette, tétanisée.

– Antoine ?

– Sophie ?

– Antoine…

– Sophie, je t'aime à en mourir…

– Moi aussi…

– Je viens…

– Oh ! oui…

Il arriva. Une heure après. Il sonna. J'ouvris et, après m'avoir prise dans ses bras, comme un fou sans ciel, il me regarda droit dans les yeux et me dit :

– Je t'ai trompée.

Et le monde s'écroula.

Il a couché avec une autre fille…

Et il me l'annonce sans préparation pédagogique, et il me répète qu'il m'aime à en suspendre son souffle…

Écrasée contre Antoine, je ne sais plus quoi dire. Il m'embrasse, me parle, me raconte sa semaine. Je n'entends rien. Je me répète : « trompée », « avec une autre fille », « couché ». Des images : lui contre une autre, approchant sa bouche de celle d'une autre, la déshabillant, la trouvant excitante, bandant pour ses seins, ses jambes, son sexe…

Le film se monte dans ma tête et devient insupportable. Je le casse mais il recommence. Toujours le même. Des images précises : le visage d'Antoine quand le plaisir monte, quand il va jouir. Ses mâchoires qui grincent, ses yeux qui deviennent flous, ses reins qui s'appliquent, se concentrent et, tout un coup, son corps en entier qui n'en peut plus et retombe en enfance. Après avoir poussé un petit cri de surprise. Il peut faire tout ça avec une autre ? Impossible…

Je déchire les images. Elles redémarrent. Au tout début. J'ajoute un prologue. Lui dans un bar avec une fille, il lui sourit avec les deux fossettes qui me dilatent le cœur, lui pose le bras sur l'épaule et les visages se rapprochent, se frôlent… Je ne supporte plus.

Je le regarde. Il a l'air sincèrement désolé du mal qu'il me fait. Il n'a pas voulu mentir.

– Jamais je ne te mentirai. Je ne peux pas. Ce n'est pas par complaisance que je te dis ça, ni pour me soulager. Mais parce que je me sens incapable de ne pas tout te dire.

C'est beau, mais ça fait mal. Et j'ai bêtement mal.

Avant lui, quand on me trompait, je ne le savais jamais. Je le supputais mais, toujours, on me rassurait. « Mais non, ma chérie, tu es folle, voyons… Je n'aime que toi, tu le sais bien. » Pas tout à fait dupe mais confortable. Patrick a sûrement dû dormir contre une autre, mais je ne l'ai jamais su.

Aujourd'hui : Antoine qui démonte mes cloisons étanches. Détruit ma belle image. Hans ne trompe pas Gretel. Prononce les mots : « Je t'ai trompée. » Je ne comprends plus rien. On ne dit pas des choses comme ça. On les cache.

J'ai des trous partout et je prends l'eau.

On reste longtemps sans parler. Sans bouger. Longtemps.

Effondrée, le cœur à l'envers, j'ai le monde sur les épaules. On s'endort. Dans la nuit, je fais un cauchemar. C'est la séance de minuit qui commence. Et là, tout à coup : les larmes… Déferlantes, débarrassantes. Je pleure, pendant une heure, en longues vagues avec ressac, reniflements, cris, poings qui écrasent son sale cinéma… Antoine me maintient contre lui, me répète tout bas son amour : « Je t'aime, je ne veux pas te voir dans cet état, je suis là, ne pleure pas… » Calme, doux, tendre… L'odeur de chèvrefeuille qui monte de son cou, qui part là derrière l'oreille gauche, me rappelle combien de fois je suis allée renifler ce réservoir à senteurs, caché derrière le pli du lobe… Le chèvrefeuille me fait fléchir, j'accepte le refuge de ses bras, je ralentis le cours de mes larmes… Dépossédée de mon identité. Rayée de la carte du monde.

Un petit tas inexistant qui se raccroche à son mode d'emploi pour vivre.

En me trompant, il m'a niée.

Je ne sais plus qui je suis. Je m'engloutis dans ses bras.

Le lendemain, j'annule tous mes cours à l'école Z… : je suis trop défigurée pour me présenter munie d'une mallette pédagogique, moi, qui ai perdu toutes mes références, la veille…

Antoine me fait un café (il a rapporté une boîte de Nescafé de son escapade), me cale contre lui et me prie de l'écouter. Il ne veut pas s'excuser, mais simplement que je sache ce qu'a déclenché en lui ma crise de Carrefour et les dernières extrémités de langage que j'ai employées. Sa façon à lui d'être en colère, c'est le grand silence. En revenant de Carrefour, il était très, très silencieux. Avec nécessité urgente d'être seul dans sa tête. Il est parti faire un tour de lac pour réfléchir. Ce qui l'a fait frémir, c'est ma réaction devant un pot de café. Je devais être bien malheureuse pour réagir aussi violemment. Bien malheureuse et bien refoulée. Alors, avant, je jouais la comédie ? Quand je prétendais me contenter du strict minimum ? Tout notre bonheur était bidon, vue de l'esprit… Cette constatation d'échec flagrant délit l'avait complètement désemparé. Il était remonté à l'université, avait été voir son copain Steve et, pendant six jours, ils avaient fait la fête. Six jours de bières, de boîtes, de filles. Et puis, un soir, il avait repéré un jean de dos, avait eu envie de le renverser, de le baiser… Toute la nuit, il s'était balancé sur une image pour exorciser la mienne.

Le lendemain, j'avais appelé.

– Je t'aime vraiment, petite conne.

Et je sombre définitivement dans ses bras.

D'autant plus facilement que, maintenant, je culpabilise. C'est de ma faute s'il est parti chagrin et qu'il a bu pour oublier, c'est parce que je me suis mal tenue. Si je n'avais pas fait ce caprice supermarché, il aurait dormi dans mon souvenir toute la semaine…

Ce matin-là, nous faisons l'amour comme des pénitents qui sortent d'un long carême. Moi, cramponnée à ses mains ; lui, attentif à chaque centimètre carré de ma peau. Je tourne autour de son sexe comme on se raccroche à une bouée de sauvetage. Je m'y arrime, m'y ancre pour réaffirmer que mon vrai bonheur est là. Je redécouvre le bonheur de le lécher, de le sucer, de lui appartenir. Il pose sa main sur moi et je me plie de frissons. Ce que j'ai cru perdu, me revient dans un incendie de sensations : je me suis retrouvée en le retrouvant lui.

Ramona m'écrivait.

Elle avait, disait-elle, beaucoup de temps pour vagabonder autour des gens qu'elle avait laissés derrière elle. Je lui racontais mes malheurs, elle me répondait par ses pensées égyptiennes.

« Tout est étrange, ici. Je me sens remontée aux Origines. Je n'ai pas encore eu le temps de parcourir la région car je fais plus ample connaissance, pour le moment, avec le village et les bords des lacs. On vit au gré du Nil, on se plie sous ses alluvions. C'est la véritable divinité locale. Bien plus que tous les riches pharaons endormis dans leurs bandelettes. Ma maison est comme celle de tous les paysans : en briques et en boue séchée recouverte d'un crépi. Je l'ai repeinte en rose pour que les gens aient envie d'y entrer. J'ai mis un petit banc devant et une cruche d'eau. En cas de gorge sèche ou de crampes dans les jambes. Je n'ai qu'une seule pièce avec, sur le sol, des nattes et, dans un coin, un carrelage pour les ablutions. Derrière, il y a une petite cour recouverte de branches de palmiers où on a coutume de faire la sieste. Je n'ai pas encore approché le pied des pyramides. Pas de grand amour non plus. Mais je sais que je le rencontrerai ici, je l'ai lu dans le Nil, hier, en me promenant…

Suite dans ma prochaine lettre. Ramona. »

Ramona en Égypte. Dans une petite maison de paysan. Je me précipitai dans une bibliothèque et consultai un Atlas. J'avais un peu honte, devant sa situation exotique, de ma vie train-train ménager, de mes leçons à 6 francs 40 et de mes crises Nescafé…

Je l'admirais beaucoup, je l'enviais un peu. Tout en me sachant incapable de l'imiter.

Elle me racontait en v.o. les légendes de l'ancienne Égypte.

« J'ai un grand faible pour la vie d'Osiris. Dieu pas comme les autres. Il monte sur le trône après que des kyriades de dieux y soient grimpés et n'aient rien fait pour améliorer le sort de leurs sujets. Mais lui, Osiris, est bon et beau. Il a une femme qu'il aime à la passion : Isis, et un frère très vicieux et très méchant : Seth. Osiris gouverne en toute tranquillité et grandeur d'âme pendant de longues années. Il apprend aux hommes à se servir des champs pour y faire pousser du blé, du coton, de l'orge. Il leur dessine des charrues, des houes, des jougs, leur montre comment reconnaître, d'un bœuf, le devant du derrière et comment enfoncer profondément le soc dans la terre. En quelques années, l'Égypte devient verte et ondoyante. Alors, Seth étouffe de rage. Lui, frère de Dieu, est assigné à résidence et idées surveillées pendant que son frère planifie le pays ! Un soir, il quitte le banquet de sa promotion, se faufile dans le palais royal, surprend Osiris à son bureau et lui enfonce un long couteau dans le dos. Osiris rend l'âme sur ses dossiers, Seth le coupe en petits morceaux qu'il éparpille à la surface du Nil. Mais, Isis devine l'horrible fratricide. Elle part à la recherche de chaque petit morceau de son amour défunt, drague le fond des eaux, soudoie des pêcheurs pour qu'ils deviennent scaphandriers… Chaque petit morceau retrouvé est rangé dans un sac en plastique. Elle rentre chez elle, reconstitue à l'aide de bandelettes l'anatomie de son cher amour (c'est de là que vient la tradition des momies), le couvre de baisers, sauf sur l'œil et la joue gauche portés disparus, réchauffe son pauvre sexe mou et décomposé dans sa main, le supplie de faire un effort, de revenir sur terre pour l'aider à le venger. Osiris, un peu gêné par ses nombreuses cicatrices, esquisse une moitié de sourire, pose la tête d'Isis sur son sexe afin qu'elle lui rende consistance divine. Sa vengeance, ce sera son fils qui la perpétuera. Et, derechef, il bande et pénètre Isis en pleine période féconde. Isis, reconnaissante, laisse Osiris à son nouveau royaume : la Mort, et part élever la semence de son amour dans un lointain désert. C'est Horus, fils d'Isis et d'Osiris, qui vengera son père en crevant le cœur de l'ignoble Seth… »

Ramona ne se contentait pas de parler des légendes, elle les vivait.

« Mes cheveux ont poussé mais j'ai toujours les coudes aussi pointus. Je me fais des masques à la poudre de momie… C'est une gardienne de temple qui habite Louxor et qui vient régulièrement visiter son fils sur les lacs Amers qui me l'apporte. Elle la balaie dans sa loge avec des plumes d'autruche quadragénaire, la recueille à l'aide d'une petite pelle en or qu'elle porte accrochée au cou. Avec la poudre de momie, on garde une peau de jeune fille sans rides ni boutons pendant toute son existence. À condition de l'appliquer avec beaucoup de respect pour les dieux. Car, une seule mauvaise pensée ou un gros mot, et la poudre fait l'effet inverse : on se retrouve ridée et boutonnée jusqu'à la fin de ses jours… »

Ramona paraissait si à l'aise dans sa nouvelle vie que je me demandais comment elle avait pu grandir chez les dames augustines, dans les embouteillages parisiens, les surbooms les mains sur les hanches. Ses miracles ne s'appelaient plus EDF ou TSF mais Osiris, poudre de momie, Nil.

Pas étonnant qu'elle ait traversé notre adolescence avec un air d'ennui profond, constamment tendue vers un ailleurs qui n'allait pas manquer d'arriver.

Eduardo entra, un matin, dans la triste école Z…

Pas spécialement beau, une dent en or, des cheveux rares mais bien disposés. Habillé italiano, avec des mocassins pointus, une veste à carreaux marron et une chemise à rayures beiges. Italiano et sourire harangueur.

On a dû se dire chacun « Tiens, tiens » et puis, on est passé à la valise pédagogique. Niveau supérieur car Eduardo avait franchi depuis longtemps le stade des petits cartons pour un français châtié qui demandait restauration de conversation. Il avait trop lu George Sand, Eugène Sue et parlait un français peu colorié. Or, ça le chagrinait de parler pâle.

C'est, en tous les cas, ce qu'il m'expliqua et ce que je retins, en sus de l'enjôlement réciproque. Enfin, un peu de rêve s'infiltrait dans le marron de l'école.

On faisait connaissance par cil coulé. Il devait se demander ce que je faisais là, stupide dans ma valise ; je ne comprenais pas que l'on puisse avoir envie de prendre des leçons de français quand, dehors, le soleil bat des plumes et invite à sécher les cérémonies officielles… Mais, pour les débuts, nous restions timides et réservés. Je lui trouvais l'œil expertiseur, la bouche ourlée et le cheveu bien rayé. Tout châtain, quelques poches sous les yeux et dans les joues, indices de bonne vie et de fêtes perpétuelles. On devinait aussi une certaine familiarité avec l'argent dont il ne devait pas manquer souvent. De bonnes étiquettes sur sa veste, sa chemise et ses mocassins. Chic et genre.

La leçon prit fin au retentissement de la sonnerie et Eduardo Babil de Babylone (c'était le nom calligraphié en lettres inclinées par Maria-Rosa, secrétaire flamenco de mon directeur) se leva. Sans rien dire si ce n'est : « Au revoir, merci beaucoup et à bientôt. »

Bientôt, c'était demain. C'était écrit sur sa carte d'élève cotiseur. Profession : couturier prêt-à-porter… Et si c'était un pédé ?

Et puis après ? Pourquoi est-ce que je rêve ? Plus fort que moi. C'est mon fantasme installatoire qui recommence…

Je me reprends et passe à l'élève suivant. Teuton et tyran. Mais le lendemain, j'attends. Je me suis lavé les cheveux, les ai rincés avec un produit qui promet des miracles de volume, ai peint mes ongles, aménagé le tour de mes yeux.

Eduardo Babil de Babylone entre et, sans s'asseoir, m'annonce :

– J'ai demandé l'autorisation au directeur : les leçons auront lieu désormais dans le pub d'en face parce qu'ici il y a une trop grande tristesse.

Je regarde mon emploi du temps, il m'a louée pour deux heures. Qu'est-ce que je vais pouvoir dire à un rêve pendant deux heures, sans ma valise ?

Mal à l'aise, je ne sais plus très bien comment marcher, passer devant naturellement, appuyer sur le bouton de l'ascenseur, traverser la rue sans me faire écraser et m'installer à une table.

– Vous avez faim ? me demande Eduardo.

– Oh ! oui…

Je laisse échapper ma fringale, bien qu'il soit neuf heures du matin et que je sois censée avoir petit-déjeuné.

– Que voulez-vous manger ?

C'est étrange. J'ai l'intuition que si je commande un steak-frites, il trouvera cela normal.

– Un steak-frites. À point.

– Avec beaucoup de frites et de la béarnaise, précise Eduardo au garçon switzerland ébahi qui regarde sa montre.

Je souris, soulagée d'avoir été si bien devinée.

Eduardo me glisse un clin d'œil. On est bien. J'ai l'impression de le connaître depuis longtemps.

La première leçon est entièrement consacrée à mon alimentation. Mon premier steak depuis mon installation en Suisse.

Eduardo a tiré un cigare de sa poche et fume en silence. Après le steak, il me commande du saumon fumé, de la crème fraîche, des profiterolles au chocolat et un baba au rhum. Coincée entre la table et la banquette, je suis montgolfière. Je trouve la vie très belle.

– Est-ce que vous verriez un inconvénient majeur à ce que je vous loue ainsi toutes les matinées tant que je serai en Suisse ? me demande Eduardo Babil de Babylone.

– Mais je vais devenir énorme si je continue à ce régime !

– Vous n'aurez peut-être pas aussi faim tous les jours… S'il savait…

– Mais vous désirez quoi, au juste ? Apprendre le français ou la gastronomie suisse ?

– J'ai envie de vous voir un peu plus heureuse que vous ne l'êtes, c'est tout. J'ai envie de vous faire rire.

– D'accord. On commence quand vous voulez. Mais ça va vous coûter cher, l'école Z… n'est pas une entreprise philanthropique.

– Ça, ce n'est pas votre problème. Je vous demande simplement de me parler la bouche pleine de tout ce que vous avez dans la tête. D'accord ?

– D'accord.

Les deux heures sont passées. J'ai le ventre spongieux et rond. L'humeur rose bonbon. Et un nouvel ami avec qui je me vaporise du rêve. Je flotte, étonnée par la magie de la vie. J'ai envie d'aimer tout le monde.

À demain, Eduardo Babil de Babylone.

Le week-end suivant, je raconte à Antoine mon extraordinaire rencontre avec Eduardo. Depuis le premier steak-frites au pub, on s'est vus tous les jours et j'ai trouvé une sorte de copain-complice attentif.

Difficile de faire accepter toutes ses nuances d'affection à mon amour à la jalousie pointilleuse. Bien sûr, il ne me croit pas et détruit mon beau personnage d'une formule meurtrière :

– C'est évident, il veut te sauter.

Et voilà. J'ai beau me défendre, Antoine n'est pas du tout convaincu.

– Tu verras, un jour, il va te renverser sur la banquette du pub et te déclarer une flamme éternelle. Tu es vraiment naïve…

Il me confisque mon rêve. Pour une fois que je trouve un personnage dans ma triste vie, il faut qu'il me le déboulonne de son socle.

On ne parla donc plus d'Eduardo. Mais il planait entre nous un silence à meubler. Pour dissiper les soupçons et l'irritation d'Antoine devant ce prince Bel Canto, je redoublais de prévenance, d'attentions et d'ingéniosité sexuelle. Pour me faire pardonner mon nouvel ami et le plaisir immense qu'il me procurait.

On avait repris l'amour endiablé après notre incident Nescafé et si, quelquefois, dans mes cauchemars, revenait l'image d'Antoine arrimé à une autre, je frissonnais trois fois, me serrais de toutes mes forces contre lui et m'endormais très vite pour ne pas y penser.

Il avait trouvé des cours particuliers à donner à un richissime Américain qui roulait en Porsche, possédait une chaîne de laveries aux États-Unis, une fiancée suisse et ne voulait plus être appelé yankee.

Un après-midi, Antoine arriva, illuminé : il était, enfin, arrivé à bloquer ses cours et serait désormais à mes côtés tous les après-midi et toutes les nuits.

Le lendemain, on prit la voiture, on traversa le centre de Lausanne et il s'arrêta devant un immeuble grand luxe avec terrasses débordantes et panorama obligatoire.

Il me fit monter jusqu'au septième étage et, arrivés sur le palier, me souleva dans ses bras, passa la porte et claironna :

– Nous voici, chez nous.

J'étais dans un deux-pièces avec tout-à-l'égout rutilant et baie vitrée sur le lac. Une vraie cuisine, une vraie salle de bains et deux chambres. Je suffoquai, battis des mains, des pieds, le couvris de baisers. Quoi ? Tout ça pour nous ? Il avait braqué une banque ? Baisé une vieille riche ? Reçu un chèque de l'Au-Delà ?

– Rien de tout ça. Ce petit paradis vaut à peine plus cher que nos vingt mètres carrés, et mon élève Lavomatic redouble de leçons…

Je dansai de joie. Arpentai mon nouvel home sweet home avec des plans dans la tête. Et là on fera ça, et là on mettra ça, et là… J'allais être chez nous, avec un petit mari bricoleur qui planterait des clous. J'étais en plein bonheur des chaumières. Je me blottissais contre Antoine, éperdue de renonciation personnelle, tout entière décidée à lui faire des bébés et à soigner son image de marque.

Antoine souriait, parlait de Gaylord, le fils aîné, de Caroline, la petite fille qui viendrait après. Un garçon, une fille. Et peut-être un petit troisième pour nos vieux jours, pour nos rhumatismes devant la cheminée.

En sortant, il s'arrêta dans le grand hall vitré de l'immeuble et, montrant du doigt notre image dans la glace, il me dit :

– Regarde ce qu'on est beaux…

Je levai le menton et vis, en face de moi, un couple illustration pour magazines : lui, grand, protecteur, viril ; elle, blottie, fragile, avec de longues mèches blondes. Nous étions un beau couple qui allait s'installer dans un bel appartement, avec un bel avenir devant lui. Une belle image à ne pas profaner. On s'installa le mois suivant. On fit le tour des salles de vente, de l'Armée du Salut, des compagnons d'Emmaüs pour acheter au plus bas prix des matelas, des chaises, des tables. Le reste, c'est Antoine qui le fabriquait.

Je le trouvais à la maison en rentrant de l'école Z… Il me renversait sur la moquette, et me prenait dans tous les sens avec une habileté qui me laissait langoureuse. Ensuite, on s'installait dans la salle de bains où, pendant que je mijotais dans un bain, il dissertait, assis sur les chiottes à côté de la baignoire, sur les sciences et l'avenir. Il m'apprenait pourquoi clignotent les lumières de la ville d'Évian qu'on apercevait de notre balcon, comment marchent les moteurs à combustion… Il pétait, on riait, on s'éclaboussait, on ne pensait à rien de primordial. Il me faisait connaître la musique américaine, moi qui ne fredonnais que Djonny et Sylvie, me lisait des pages entières de Salinger et concluait que ce n'était vraiment pas un jour pour un poisson-banane. Je le regardais du fond de mes eaux troubles et restais sous la magie de sa beauté. J'aimais le voir marcher, sourire, réfléchir, poser une étagère et tout m'expliquer. J'aimais son image.

Les murs étaient remplis de photos d'Antoine et moi en train de nous aimer. J'étais épinglée dans un album dont il était le héros *sine qua non*.

J'étais heureuse. Extérieurement. Pas vraiment satisfaite à l'intérieur. Je me demandais si tout ce décor planté et entretenu par mes soins fébriles me convenait. Ce n'était pas tout à fait moi, cette petite ménagère appliquée qui planifiait ses mètres carrés. Je me sentais un peu à l'étroit dans mon petit confort immobilier. Il me rassurait terriblement mais ne me faisait pas pousser des ailes. J'avais besoin de rallonges.

Mais je sauvais les apparences. J'avais appris très tôt à faire semblant. Semblant que tout va toujours bien et que, comptez sur moi, je me débrouillerai. C'était même devenu une seconde nature. Depuis qu'on m'avait déclarée « forte et astucieuse ». J'avais cinq ans. Maman et ma tante de Clermont-Ferrand nous avaient emmenés, Philippe et moi, aux Grands Magasins. Je tenais Philippe par la main et serrais contre moi le porte-monnaie que maman m'avait confié le temps d'essayer une jupe. Emportés par la foule, loin de la cabine d'essayage de maman, pétrifiés de terreur dans les jambes de toutes ces grandes personnes, j'avais bloqué porte-monnaie, petit frère et Courage Majuscule dans un même élan, m'étais dirigée vers le monsieur qui avait le plus de Bics à sa blouse grise, et lui avais expliqué que nous étions perdus. Il avait lancé un appel au haut-parleur, et maman, en larmes, nous avait rejoints, ébahie devant le récit du chef de rayon qui narrait mon sang-froid avec emphase. Depuis ce jour-là, j'étais Sophie la brave. Sophie la volontaire. Jamais prise au dépourvu. De la même famille que Jeanne Hachette… Image lourde à porter quand on a cinq ans et qu'on a envie de pleurer sans raison, dans les genoux de sa maman, quand on meurt de trouille le matin de la rentrée des classes ou le jour du premier départ en colo. Mais, coincée par mon appellation contrôlée, je fonçais nerfs verrouillés. Je jetais de la poudre de perlimpinpin pour qu'on n'aperçoive pas mes faiblesses béantes. Je grandissais décidée, insolente, et souriais à l'anicroche qui me poignardait le cœur…

Tout cet album d'images à fleurir finissait par me bousiller l'énergie, par me brouiller l'humeur et rendre impossible toute identification de mon moi.

J'étais alors en complet dérangement, en bonheur orthopédique.

C'est pour cela qu'Eduardo devint mon oracle personnel. Il sut aller voir derrière le masque de petit soldat. Il eut envie de m'aider avec ses moyens à lui. Désintéressé. Les mains dans les poches. Il m'a aimée pour moi.

À lui, je racontais mes accès de désespoir. Accès déclenchés par une boîte de Nescafé ou des chemises que je ne voulais plus repasser. J'avais alors d'étranges bouderies, des larmes qui montaient et descendaient, des scènes murmurées et étouffées, des interrogations sans fin sur mon utilité en ce monde. Je me sentais insatisfaite, encombrée de moi.

Le plus dur, c'était le soir. On se couchait tôt car je

me levais à six heures et Antoine partait pour son université. Le simple fait de me coucher toutes les nuits, dans le même lit, avec le même monsieur, à la même heure et de reproduire machinalement les mêmes gestes d'amour, de s'échanger les mêmes formules de politesse bonsoir, me soulevait de désespoir. Je tournais et retournais sur mon matelas en me répétant : « Non, ce n'est pas possible, il va se passer quelque chose, je ne vais pas finir en répétitions... » Plus la nuit avançait, plus le problème me paraissait insoluble. J'étais condamnée à subir des habitudes. Non que je n'aie pas envie d'Antoine ou qu'il m'insupporte. Pas du tout. Mais l'inéluctabilité des événements me rendait neurasthénique. Et pourquoi, un soir, n'irais-je pas dormir chez le voisin ? Juste un soir pour casser le rythme...

Je savais très bien que c'était interdit par la coutume conjugale. Alors je me révoltais. Dans le désordre. J'avais le rocher de Sisyphe sur le cœur, menaçais d'étouffement. Je marchais dans la chambre à la recherche de ma respiration. Ou je partais faire le tour du pâté de maisons. Accumulée de désespoir. Comme lorsque Patrick m'avait rattrapée sur les galets, une nuit de mensonges.

Je ne parlais pas à Antoine de ces crises nocturnes : elles ne coïncidaient pas avec la belle image que nous avait reflétée la glace de l'entrée. Et s'il se réveillait je m'inventais des crises d'asthme...

Mais à Eduardo, je disais tout.

Je déroulais mes envies, mes pensées, mes lâchetés. Sans souci d'être jugée. C'était mon double, il comprenait. Un jour, où j'avais joué la généreuse, il me rappela à l'ordre et me fit promettre de ne pas recommencer.

– Je veux que tu sois toi-même, que tu arrêtes de te juger. Sois sordide si tu en as envie, méchante si tu le désires et belle si ça te passe par la tête. Laisse-toi aller…

Au début, je ne comprenais pas son langage. Je n'en retenais que le plus facile : il m'emmenait chez Guerlain, à Innovation, chez le coiffeur.

Un matin, il me téléphone :

– Dis-moi quelle est ton envie la plus secrète, le cadeau qui te paraît le plus impossible…

– Oh !… Je rêve d'un long manteau de renard d'Argentine qui me battrait les talons. Pourquoi ?

– Parce qu'on part à Genève te l'acheter.

J'ai failli dire : « Non, ça ne se fait pas Eduardo, je vais être gênée si tu m'offres ce somptueux cadeau… », mais je sus que, si je minaudais de la sorte, je lui ferais de la peine. Il serait furieux que je lui mente à lui aussi.

Nous sommes allés à Genève. J'ai essayé cinquante manteaux et j'ai choisi le plus chaud, le plus beau, le plus argenté, le plus cher. J'étais devenue princesse de Chine multipliée par un chiffre magique.

Mais Eduardo m'apportait bien autre chose. Il m'apprenait à déchiffrer mes espaces intérieurs, à faire surgir de mon imagination des perspectives infinies.

– Arrête de tout attendre des autres, de vivre en fonction des hommes que tu rencontres, des jugements de ta mère et des dames augustines. C'est toi qui t'étonneras un jour…

Il me reprochait l'école Z…, ma soumission aux petits cartons. Quand je lui expliquais que je me sentais incapable de faire quoi que ce soit d'autre, il devenait furieux et fracas :

– Tu as essayé de faire autre chose ?

– Non, mais je sais…

– Essaie. Présente-toi dans une autre école où on paie correctement les professeurs…

Pour lui faire plaisir, je téléphonais à d'autres directeurs de cours privés, faisant état de ma culture générale et de mes diplômes.

Je fus engagée. Tout de suite. Dans une école privée pour petits Suisses fortunés où je déclinais en latin, orthographiais en français et découvrais Louis XIV à l'Helvète : non plus comme un monarque éclairé mais comme un mégalomane timbré et dangereux. Je doublais presque mes appointements !

Eduardo applaudit, comme à la Scala, devant ce tour de prestige. Antoine me congratula paternellement…

Il est évident que je ne racontais pas à Antoine mes conversations particulières avec Eduardo. J'étais même obligée de mentir abondamment quant à la profondeur de notre entente. Ainsi, le manteau fut le cadeau de Noël de maman et de tante Gabrielle, mes mèches rattrapées et blondies l'œuvre d'un petit coiffeur « pas cher du tout, je lui sers de cobaye, tu sais » et mes boots « des super-soldes »…

Antoine n'aimait pas du tout Eduardo. Il le pressentait comme un générateur de troubles, d'envies subites et incontrôlables.

Il était si jaloux… que je ne tentais même pas la moindre explication. Eduardo jugeait Antoine beaucoup trop jeune pour me comprendre. Bref, les deux hommes ne tenaient pas à se rencontrer. Moi, je gardais teint frais et bonne conscience : mon amitié pour Eduardo n'était pas licencieuse, il ne posait jamais le moindre doigt équivoque sur mon anatomie. Et, d'ailleurs, je n'en avais pas envie…

J'allais de l'un à l'autre avec satisfaction. Dormais

contre Antoine, parlais avenir, fiançailles, opinais à tous ses plans… Rêvais, m'étonnais, grandissais avec Eduardo.

L'un me serrait très fort dans ses bras, l'autre défaisait un à un tous mes pièges et catapultait mes inhibitions.

Pendant que je tâtonnais à la recherche de mon égo, Ramona, qui avait identifié le sien depuis longtemps, vivait des bouleversements importants.

Réfugiée dans sa cabane sur les lacs Amers, elle était devenue très solidaire des habitants du village. De sa voisine, une brave femme qui tricotait des bas à varices toute la journée en attendant le retour de son mari pêcheur, du patriarche du village, un centenaire à la barbe opalescente qui lui racontait comment le grand barrage d'Assouan, édifié par Nasser, avait tellement perturbé les eaux des lacs que les poissons désorientés préféraient aller nager ailleurs, et du petit garçon Séthi qui se prétendait d'origine divine et portait une auréole en carton au-dessus de la tête.

Ramona les écoutait tandis que le vent balayait, dans un fracas étourdissant, la moitié de leurs propos. Elle avait souvent tendance à compléter, par elle-même, la suite de leurs récits qui ne lui parvenaient pas dans leur intégrité.

Un matin, on vint la réveiller, en lui annonçant que la jonque qui apportait le courrier d'Ismaïlia, se profilait à l'horizon. Le courrier n'arrivant que très rarement dans le petit village de Chaloufa, la jonque postale était considérée comme d'extrême importance. Ramona s'ablutionna les mains et les yeux, revêtit une longue robe blanche et s'élança avec le village à la rencontre de la jonque.

Le vent faisait silence et on n'entendait plus que le clapotis des rames s'enfonçant dans l'eau. Quand les voiles furent dégonflées, que la coque frôla le quai, une voix grave et ferme retentit énonçant les nom et prénom de Ramona Chaffoteaux. Ramona s'avança, émue d'être le centre des attentions et, levant les yeux vers le conducteur de la jonque, se figea dans une posture statue de sel : les bras tendus, les yeux éblouis, un sourire surnaturel sur les lèvres… Elle venait de rencontrer celui qu'elle attendait dans sa pénombre parisienne. Elle comprit pourquoi elle avait échoué sur les bords des lacs Amers, dans ce petit village arriéré et oublié. Elle avait atteint le bout de son voyage.

Il était là, devant elle, grand sur ses longues jambes en coutil blanc, torse nu, un sourire de connaissance sur son portrait officiel. C'était lui. Elle en était sûre.

Il lui tendit la lettre qui venait de Suisse, ses doigts effleurèrent les siens et elle fut électrisée. Incapable de bouger, de faire autant de pas en arrière pour regagner sa place et prendre l'air décontracté. Idiote, avec sa lettre toute chiffonnée par les allées et venues aériennes. Résumée en un regard, en une rencontre au bord d'un lac. C'était lui. Beau depuis des siècles. Imperturbable de solennité. Avec des cheveux châtains drus et une barbe qui creusait des joues émaciées par le soleil et les embruns. Un torse à profusion de poils, un nez de pharaon comme il se doit, et des yeux si aigus et pénétrants que, lorsqu'ils vous fixaient, vous vous sentiez analysée tout entière. Un géant qui refusait de se baisser pour passer sous les portes et dont les mains arrêtaient le vent.

Ramona le reconnaissait. Ses yeux se mélangeaient

aux siens. Elle se rappelait les marelles où elle avait dessiné sa tête en guise de paradis et sa mort en Enfer, son nez droit qu'elle griffonnait sur les marges des cahiers, ses jambes qui pesaient sur les siennes les soirs d'insomnie, ses mains qui l'étreignaient dans les rêves qu'elle faisait les yeux ouverts.

Le temps s'arrêta. Les villageois se turent. Une étoile polaire monta au firmament et Sethi, le petit garçon, la désigna d'un doigt sacré.

Enfin, Ramona rejoignit le groupe des paysans et l'action reprit.

On se rassembla autour de la jonque qu'on décora de papillotes, de scolopendres moussues, de verres brisés de toutes les couleurs. Les femmes sortirent des barils de foul qu'elles servirent dans des petits pains ronds et creux. Ramona ne pouvait rien avaler et attendait. Tout entière dépendante de son amour enfin rencontré. Elle resta ainsi tout l'après-midi, les pieds joints et les bras le long du corps. Il la regardait sans discontinuer. On lui demandait de raconter la ville, le lac du crocodile, les avenues à l'ombre des grands arbres, les fleurs dans les parterres et les villas désuètes d'Ismaïlia. Et le chalet de Ferdinand de Lesseps, ce monsieur si distingué qui avait eu l'idée de creuser un canal ? Et le jardin des stèles ?

Il répondait à tous. Avec infiniment de détails. Sans jamais se déprendre de la longue forme blanche qui l'attendait à l'écart sous les arbres. Il leur expliquait qu'on avait dû revernir la façade du chalet qui craquelait de vieillesse, désherber les tombes du jardin et émonder les tilleuls de la promenade fleurie. Que le vieux jardinier de la municipalité était mort de chagrin après avoir trouvé ses massifs saccagés par des voyous en deux roues et qu'on ne trouvait personne pour le remplacer…

Les villageois approuvaient ou manifestaient leur colère. Il continuait à égrener les nouvelles d'une ville dont ils avaient besoin pour supporter les attaques du vent, la rudesse de l'hiver et l'absentéisme des poissons.

Quand vint le soir, qu'il fut temps pour lui de regagner la poste principale, il déplia ses longues jambes de coutil blanc, et gagna sa jonque.

Auparavant, il fit un détour par les arbres, prit la main de Ramona et l'emmena sur les eaux avec lui.

Elle n'eut pas un regard par-dessus son épaule, fit juste un geste de la main au village pour qu'il garde un peu de son affection.

Le vent se faufila dans les voiles, la jonque quitta le quai. Ramona s'assit, prête à suivre pour toujours la silhouette bohémienne qui hantait son cœur depuis si longtemps.

Il faisait tout à fait nuit quand ils atteignirent une petite maison basse aux fenêtres décorées de verres irisés, au large perron en bois.

– C'est ma maison…

C'est la première fois qu'il lui parlait. Ramona lui sourit pour l'encourager mais il se tut. Il poussa la porte d'entrée, s'effaça pour la laisser passer et actionna l'interrupteur. La pièce était grande avec le même plancher en bois que le perron, de larges tapis en tatami, de gros poufs et des palmiers édentés. Il remplit une bouilloire d'eau et lui fit signe de visiter. Ramona fit le tour des poufs et des palmiers, poussa une porte qui était celle de la salle de bains. Une grande baignoire en forme de vasque était enfouie dans le sol et des miroirs de bambou tapissaient la pièce. Elle escalada un petit escalier et se retrouva dans une pièce semblable à celle du bas, occupée par un lit pour géant étalé sans précaution : un lit de trois mètres sur trois. Un lit de sultan. Les fenêtres projetaient une lumière-kaléidoscope dans toute la pièce et se reflétaient sur le blanc des draps. Émue, Ramona s'allongea sur le lit.

Quand elle redescendit, il lui tendit une tasse brûlante, et elle se concentra sur la fumée qui montait, pour ne pas avoir l'air trop intimidée. Puis, il la prit par la main. Ils montèrent le petit escalier. Il l'assit sur le lit de sultan géant.

Droite, les mains sur les genoux, elle le regardait. Elle n'avait jamais dormi avec un homme. Il lui caressait les cheveux, les joues, le menton, la bouche, effleurait ses seins, ses jambes, ses bras. Avec tant de douceur qu'elle n'avait pas peur. Elle ne bougeait pas. Il était à genoux devant elle en train de l'apprendre par cœur. Elle attendait avec ferveur. Il l'étendit sur le lit et déboutonna lentement la longue robe blanche.

Elle était nue devant lui.

Ses doigts reprirent leur mémoire. L'apprirent de nouveau. Les yeux dans les yeux, elle le suppliait de s'abattre sur elle.

Ils se touchaient à peine.

– Tourne-toi.

Ramona se tourna. Elle sentit sa main qui lui caressait le bas des reins, remontait, fouillait le cou, descendait. Elle frissonna.

– Tu es belle.

Il parlait comme s'il n'attendait jamais de réponse.

Il la retourna et se mit à la lécher de bas en haut.

À lui mouiller le bout des seins, à déposer des petits baisers sur son ventre, sur ses reins, sur ses cuisses. Il enfonça son nez dans son sexe et la fit s'arc-bouter de plaisir. Le nez, la langue, les dents la fouillant, ses doigts l'écartant. Ramona hurla, lança ses bras vers le ciel. Alors il se coucha sur elle en disant :

– Je t'ai rencontrée, tu es à moi…

Elle pleurait, promenait ses mains sur son dos. Quand il fut nu, il s'appliqua sur elle avec tant de tendresse qu'elle se dit qu'elle pouvait mourir : elle possédait le bonheur complet. Il la pénétra lentement, allant et venant au rythme de l'éternité, lui massant le sexe de son sexe de géant bouclé, lui caressant la tête comme à un bébé…

Épuisée, complètement délabrée, Ramona reprit connaissance quelques minutes plus tard, et l'aperçut, souriant au-dessus d'elle. Elle enfouit son nez dans le torse monumental : elle savait maintenant ce qu'était la crampe dont parlait Sophie.

Mon nouvel emploi de professeur, dans une vraie école, avec conseils de classe, chahuts, dictées et récréations, me changea complètement de l'école Z…

Je ne travaillais que le matin, de huit heures à midi et demie, surveillais deux études par semaine et reniflais avec délices les tranches ouvertes des cahiers. Mes élèves avaient de onze à dix-huit ans, et j'avais dû prévenir ces derniers que j'étais au courant de tous les trucs pour sécher, copier, filouter car, il y avait à peine un an, j'étais à leur place. Cela les mit en joie et on entama les cours avec une solide complicité qui me dispensa des vilenies ordinairement réservées par les grands élèves à leurs professeurs. J'évitais les heures de retenue et les grandes envolées lyriques sur « la Colline inspirée » de Barrès, en échange de quoi ils s'appliquaient à ne pas être trop bruyants et désordonnés.

Seule, âgée de vingt et un ans, en face de trente chevelus gaillards, je devais me pincer le mollet pour m'assurer que je ne rêvais pas. J'avais la même coupe de cheveux qu'eux, les mêmes nostalgies, les mêmes refrains, les mêmes jeans. Mon directeur me suppliait de m'habiller en dame pour paraître un peu plus respectable mais je refusai catégoriquement. Et d'ailleurs, je n'avais pas de quoi me déguiser. Cet argument économique dut le faire fléchir car il ne me fit plus jamais de remarque vestimentaire. J'avais décidé de ne plus jouer de rôle et commençai mes exercices d'authenticité dans mon collège. Eduardo était de plus en plus Scala de Milano et produisait grand effet sur mes élèves lorsqu'il venait me chercher à la sortie des cours dans sa Ferrari extraplate. Je ne sus jamais vraiment si les élèves me respectaient à cause de sa Ferrari ou de mon savoir-enseigner.

Je déjeunais presque tous les jours avec mon Italiano au grand cœur, Antoine n'arrivant à Lausanne qu'en début d'après-midi. Eduardo parlait maintenant un français parfaitement courant où « mec » avait remplacé « monsieur » et « fais chier » « vous m'incommodez ». Il n'avait plus besoin de l'école Z…

Il m'emmenait souvent manger des croûtes au fromage à plusieurs étages, arrosées de fendant. Je sortais de table avec des zigzags dans les jambes. Il n'en profitait jamais et je pensais que c'était vraiment un drôle d'individu. Je n'osais pas lui demander quelles étaient ses intentions secrètes, de peur d'interrompre le charme de nos relations.

On marchait autour du lac, il me parlait de Rome, de sa maison natale, de sa vieille maman, de son frère devenu clochard par chagrin d'amour. Il me racontait ses voyages, ses aventures, m'interrogeait sur maman, Philippe, Jamie. Je l'écoutais, je parlais, je lisais les livres qu'il m'achetait.

Je lui disais :

– Tu me fais rêver…

Il répondait :

– Ne rêve pas. Vis ta vie. Je ne suis pas un mirage, tiens, touche…

Et puis il ajoutait :

– Je ne suis pas complètement désintéressé, tu sais. Un jour je te déclarerai un amour éternel mais pas tout de suite. Je n'ai pas envie de dormir avec un fantôme...

Alors je le traitais d'odieux séducteur, de profanateur de pure jeune fille. Il riait en cascades, dérapait en hurlant « c'est la vie, ma chérie », paroles de chansons rock-and-roll qui lui mettait du rire jusqu'aux larmes.

J'oubliais qu'il était un homme d'affaires venu en Suisse pour offrir des succursales à ses magasins italiens. J'oubliais complètement. Pour moi, Eduardo était envoyé par la Providence pour m'embaumer l'humeur.

Il avait loué une suite au Beau Rivage, grand hôtel international où errent des madones sans sleeping et des saxos à nœud papillon. Avec trois téléphones et une grosse boule en aluminium qui faisait radio-bar-télé. Le soir, il donnait des dîners où se pressaient tous les déshabillés chics et putains de la ville. Je l'imaginais en smoking et verre de whisky dissertant avec compétence sur la crise du textile et la chute du dollar.

Je n'étais pas jalouse des filles qui dormaient avec lui. Je savais qu'il aurait suffi que je dise, au téléphone : « Allô, Eduardo cariño de mi myocardo » pour qu'il accoure, en pleine nuit, me rejoindre sous les glycines. Je régnais en souveraine indétrônable. Je n'avais même plus besoin d'user de mes mèches blondes ou de ma peau guerlainisée. Je n'étais plus un objet de consommation.

Je défaisais mon jean trop serré après une tarte Tatin et trois boules de glace vanille. Lui disais : « Oh, Eduardo, hier j'ai fait l'amour et je n'ai rien senti... » sans craindre qu'il se précipite sur moi pour me prouver qu'avec lui au contraire...

J'osais tout et trouvais fascinant de tant oser.

Je grandissais en assurance pendant qu'il tirait sur ses cigares et souriait à mes audaces.

Quand je retrouvais Antoine, j'étais gaie. Il avait fini par admettre qu'Eduardo me faisait plutôt du bien. Je prospérais depuis que je l'avais rencontré et ne me roulais plus en épileptiques fureurs.

Je passais mes après-midi avec Antoine. On allait au cinéma, on écoutait Crosby, Still, Nash and Young, on voyait des copains sans grand intérêt parce qu'il fallait avoir un semblant de vie sociale et, le soir, je corrigeais mes copies, perdant mes dernières notions d'orthographe devant les barbarismes de mes élèves.

Quand j'éteignais, je roulais contre Antoine. Je le faisais de bonne grâce car j'avais l'impression d'avoir bien vécu toute la journée. Même si c'était sans grand orgasme de ma part. Antoine était devenu trop quotidien, trop à portée de main. Il ne me faisait plus trembler en salle d'attente.

Ce n'était plus le bel étranger qui me clouait de frissons à la réception de chaque hôtel transalpin, arrêtait le temps, et me tirait des fusées dans le corps à Portofino.

C'était Antoine Nescafé, Antoine fin de mois difficiles, Antoine je-lave-tes-chaussettes-et-je-râle…

J'avais dissous la Magie de l'Autre superbe et généreux, L'Inaccessible Indifférent qui vous caresse du bout des doigts et pose sur vous un regard violateur. Nous faisions l'amour comme une formalité agréable à remplir avant de s'endormir. Je savais d'avance comment il allait me prendre, ce qu'il allait me dire dans l'oreille avant de sombrer dans une jouissance que j'attendais et recevais, émue, attendrie. C'était Antoine, mon Antoine. Mon amour si beau.

Sans la distance féerique qui transporte ailleurs dans un inconnu des sensations. Je l'avais gravé dans le cœur. Pour la vie. Dans une tranquille assurance qui m'empêchait de me déchirer de plaisir, de me retourner toute mouillée contre lui en le suppliant de me prendre, de m'engloutir dans un plaisir qu'il inventerait pour moi.

Nous étions trop habitués. Trop fatigués, le soir, pour nous faire voyager. Je n'écoutais plus son pas en retard, ne dépérissais plus quand une autre que moi le goûtait du regard, ne battais plus du cœur quand il fronçait un sourcil…

Je l'aimais beaucoup.

– Antoine, et si on se fiançait cet été ?

– Tu en as vraiment envie ? Tu es sûre ?

– Oh ! oui…

Motif : un besoin incohérent de reconnaissance officielle.

Cet été, cela fera un an que je m'endormais, pour la première fois, dans la chaleur et le chèvrefeuille d'Antoine. Je veux célébrer notre amour aux yeux de l'univers entier. Mon bonheur lausannois est parfait, mon petit cœur bien rangé, tout est prêt pour les cérémonies. Gaylord et Caroline gambadent dans nos conversations, nous nous sourions dans toutes les vitrines. Mes cours de professeur agréé se déroulent sans anicroche, mes déjeuners avec Eduardo me tonifient l'âme, et mes après-midi avec Antoine m'alanguissent de toi et moi, moi et toi. J'ai furieusement envie de me faire certifier conforme. Antoine est d'accord : on va se fiancer.

Quand j'annonce la grande et belle nouvelle à Eduardo, son nez se plisse.

– Tu as envie de te marier ?

– Oui…

Je me trouve tout à coup complètement banale et carnet mondain.

– Ah ! bon…

Mais je sens la voiture aller plus mollement, le lac perdre ses reflets et les cygnes rentrer leur cou. J'ai fait une gaffe. Je l'ai déçu. Panique : je ne veux surtout pas perdre son estime. Je le tire par la manche.

– Eduardo…

– Oui…

– Dis-moi ce que tu as dans la tête.

– Ce n'est rien. Je suis un peu triste, un peu veuf à cravate noire…

Il esquisse un sourire pour nécessiteux et se concentre sur son volant. Silence. Il a mal. À cause de moi. On est comme deux clochards sous un pont qui prend l'eau.

Il descend de la voiture, on marche sans se parler. Sans se cligner de l'œil quand passe une dame engoncée dans sa fourrure et ses bigoudis ou un couple d'amoureux au nez qui goutte. Il a de la peine dans son cœur, j'ai du désordre dans le mien.

Éperdue, je recommence :

– Eduardo, je l'aime, Antoine.

– Qu'est-ce que tu appelles aimer ? Tu fais l'amour par habitude, des scrabbles en fin de soirée et des spaghetti pour ses copains…

– Oui, mais je suis heureuse comme ça. Et puis, ce ne sera pas toujours pareil, un jour, il m'emmènera aux États-Unis et là, on vivra vraiment.

– Oui, tu auras des bébés et ton vocabulaire se résumera à papa-maman-pipi-caca…

Je sais qu'il a raison, au fond. Je viens de me réfugier sous une autre véranda. Volontairement, cette fois. Par mesure de sécurité : parce que je ne suis pas sûre de trouver mieux. Mais Eduardo ne peut pas me faire piquer du cœur longtemps. Il prend ma tête dans ses gants et m'embrasse très doucement. Un long baiser de satin, lui qui n'a jamais dérapé sur mes lèvres. Il m'embrasse en prenant tout son temps, toute sa douceur, tout son amour. Je trouve sa bouche chaude et confortable, j'ai envie qu'il ne s'arrête jamais.

Mais il reprend :

– Sophie, réfléchis un peu avant d'enfiler de l'organdi blanc. Pense à tout ce que tu peux faire. Ne profite pas d'une accalmie pour baisser les bras et te réfugier dans un mariage tranquille. Tu sais ce qui t'a manqué le plus, ma chérie ? Un père… Sache-le et ne fais pas de bêtises par manque de réconfort paternel. Je suis là moi, je serai toujours là pour toi… Tu le sais. Alors évite la facilité.

Il m'embrasse une seconde fois, je me répands dans sa bouche, et il me laisse là, sur le bord du lac, toute molle et désemparée…

Abandonnée parmi les arbres. Mitraillée de chagrin. Je l'aime, je ne veux pas le décevoir. Mais j'aime aussi Antoine. Le bonheur qu'Eduardo me dessine me grise, m'électrise, mais me terrorise le soir, dans le noir. Tandis que celui d'Antoine, tout en maternités et charentaises, me convertit à échelle humaine.

Et, en même temps, si je vais mieux, c'est à cause d'Eduardo… De son ambition pour moi. Que se serait-il passé si j'étais restée comme une conne avec ma petite valise à l'école Z… ?

Il m'a prouvé que je pouvais décoller toute seule. M'aventurer sans véranda au-dessus de la tête.

Et sa réflexion sur mon absence de père ?

Jamie, irresponsable et séduisant. Que j'aimais tant, petite fille, mais que je ne prenais pas vraiment au sérieux. Jamie qui me faisait sourire, me donnait des frissons dans le cou avec ses baisers, et secouait maman de sanglots…

Jamie avait trouvé un métier stable, avec feuille de paie et retenues de Sécurité sociale à Paris, France. Il rentrait tous les soirs pour dîner, à sept heures exactement, embrassait Camille, jouait avec les enfants au cheval géant. Puis, ils passaient à table.

Quand pour Sophie et Philippe sonnait l'heure d'aller se coucher, il s'agenouillait au pied de leurs lits, disait les prières en famille, les embrassait et ressortait. Sans une explication à Camille.

Pourquoi ? Elle ne se refusait pas à ses étreintes, à sa main qui glissait sous sa chemise. Elle était toujours la jolie Camille d'Avignon, elle le savait, elle le lisait tous les matins dans les yeux des commerçants.

Il quittait la maison et ne rentrait que très tard. Elle prenait un tabouret dans la cuisine, s'asseyait et pleurait. En silence pour ne pas réveiller les enfants. Une nuit, elle surprit Sophie qui la regardait. Elle la prit contre elle, Sophie éclata en sanglots…

– Ne pleure pas, ma chérie. Maman t'aime très fort.

– Le monde est injuste si les grandes personnes pleurent aussi…

Camille dut la rassurer, lui expliquer qu'elle avait fait trop de ménage l'après-midi, que l'aspirateur et la serpillière sont mauvais pour les nerfs. Tout en parlant, elle caressait la tête de Sophie et pensait que l'amour de ses enfants restait sa seule raison de vivre.

Autrement…

Elle allait de déceptions en déceptions. Elle ne comprenait plus Jamie. Il se montrait empressé à l'extérieur, sombre chez lui. Le dimanche, il se réfugiait dans son journal, écoutait les résultats des matchs de foot, pendant qu'elle portait la lourde lessiveuse et lavait le linge de la semaine. Il ne venait jamais s'asseoir auprès d'elle pour lui prouver son intérêt. Il demandait seulement : « Qu'est-ce qu'on mange ce soir ? » Et s'enfonçait dans ses mots croisés.

Camille ne reconnaissait plus le charmeur des bridges, le dérapeur en Morgan, le rêveur de Venise, le mari attentionné de Tataro. Elle était mariée à un étranger.

Mais elle avait appris à accepter. Soumise et résignée.

Quelquefois les nerfs rompaient. Elle posait la lessiveuse sur la moquette lavande de l'entrée, s'asseyait à côté et attendait que Jamie vienne l'aider. Elle restait un long moment, assise, ruminant sa rancœur aux côtés de sa lessiveuse. Rongeant sa haine des dimanches, des maris hermétiques, des mariages en robe blanche. Elle avait envie de faire autre chose : de lire, d'écrire, de se promener sous les marronniers. Sans raison. Sans enfants à surveiller. De ne plus penser qu'à elle. Entracte.

Jamie ne venait jamais ramasser la lessiveuse et Camille repartait vers la salle de bains en laissant, pour tout souvenir de sa révolte, un large rond dans l'entrée… Les yeux pleins de larmes, le cœur déchiré par cette vie qui ne lui ressemblait pas.

Elle se mit à détester Jamie. Qui ne lui permettait pas de vivre ses rêves, qui n'était pas à la hauteur de ses ambitions. Son amie Odile avait une bonne, un jour de bridge, une maison à la campagne…

Jamie ne parlait pas. Il remplissait de son mieux son rôle de chef de famille mais se sentait inadapté.

Comment avouer à une petite jeune fille d'Avignon que vous avez de plus en plus de mal à jouer le jeu, à faire semblant ? Que les tiers provisionnels vous donnent des envies de ne plus jamais gagner d'argent, que la seule vue d'une feuille de Sécurité sociale vous fait bafouiller d'absurde.

Mais il était marié, père de famille, chef du service exportation à Gennevilliers. Il se levait tous les matins à six heures… Camille rêvait d'une Panhard, d'une machine à laver, d'une télévision. Pour cela, il fallait qu'il fasse des heures supplémentaires, qu'il sourît à son chef M. Lamagne avec ses grosses bretelles sur sa chemise en nylon et son éternelle Gauloise jaune mâchouillée, coincée entre les dents… Il fallait être onctueux avec M. Lamagne s'il voulait avoir des primes et de l'avancement. Pour Camille. Pour qu'elle soit fière de lui.

Quelquefois, il se surprenait à regretter les petites femmes tranquilles sans ambition qui l'aimaient pour lui, pour ses envies d'huîtres à minuit ou sa passion du ballon rond. Comme Flora. Pas très jolie Flora. Mais si attentionnée, si amoureuse. Flora qui le déchargeait de toutes les corvées matérielles et adultes. Mais les jambes de Camille, le sourire de Camille, les bras ronds et bruns de Camille autour de son cou quand il l'avait rendue heureuse… De moins en moins souvent.

Le mépris de Camille quand ils allaient dîner chez

son amie Odile. Camille, qui le jaugeait incapable. Son grand vide à lui, à ce moment, son envie de partir, de ne plus jamais dormir contre elle. Le silence qui grandissait entre eux, les reproches qu'ils ne formulaient pas de peur de tout faire éclater et les fusibles qu'ils finissaient par s'envoyer à la tête… Alors il sortait faire rêver d'autres femmes plus faciles Et le charme opérait, foudroyant, garanti pour un an. Ses victoires le rassuraient, il regagnait la maison les mains pleines de fleurs, le cœur gonflé de bonnes résolutions. « Demain je fais des heures supplémentaires, j'invite M. Lamagne à déjeuner, je lui demande des nouvelles de sa femme qui vient de se faire opérer. » Mais le lendemain, quand la sonnerie de l'usine annonçait la fermeture des bureaux, Jamie rangeait ses crayons, attrapait son pardessus et partait en passant très vite devant le bureau de M. Lamagne… Ce soir-là, après avoir couché Sophie et Philippe, il allait n'importe où, avec n'importe qui, pour ne pas avoir à rencontrer le regard de Camille qui attendait tant et tant de lui…

Sa seule amarre, c'était sa fille. La seule femme qu'il aimait sans peur. Parce qu'elle ne lui demandait jamais rien. Comme si elle avait compris qu'il était en rupture de stock. Pas besoin de lui parler. Il la prenait sur ses genoux, il soulevait ses nattes et respirait sa chaleur de petite fille légère…

Ce fut Jamie qui prit la décision de partir. Une nuit où Camille l'avait attendu, blanche et ramassée sur la moquette de l'entrée, sans plus assez de forces pour être jalouse ou réclamer de l'affection.

– Camille, je suis décidé, je demande le divorce…

Jamie se choisit un avocat. Camille fit appel à un vieil ami de la famille. Il fut entendu qu'elle garderait les enfants mais ce fut tout ce que Jamie voulut lui laisser.

Il exigea la moitié de l'appartement, la moitié des disques, des livres, des fauteuils, des lits, des tapis, des assiettes-couteaux-fourchettes. Ils s'échangèrent l'armoire provençale contre le tourne-disque, la bibliothèque de l'entrée contre la table du salon. Impitoyables et précis. Complètement amnésiques de leurs belles images du temps passé. Ils triaient mécaniquement vêtements, lettres, bijoux, sans se regarder, absorbés par leur cerveau à calculer. Debout, derrière eux, les enfants les observaient, désolés. La main dans la main et la promesse de ne jamais devenir comme eux.

Quand tout fut distribué, Jamie embrassa les enfants, Camille et partit. Ils s'assirent tous les trois sur le divan métallique qui restait. Camille serra les enfants contre elle, soulagée de ne plus entendre de cris, de silences hostiles, d'exaspérations retenues. Elle avait vingt-huit ans, Sophie six et Philippe quatre et demi… Seuls. Sans « monsieur et madame » sur la porte, sans « je le dirai à mon papa » dans les cours de récréation.

Elle allait devoir travailler. Elle n'avait jamais travaillé. Gagner de l'argent, payer les traites de l'appartement, l'école des enfants, faire des comptes le soir, économiser, prévoir, retenir, grignoter. Il lui faudrait descendre de ses rêves et devenir chef de famille.

Seule dans son grand lit, seule aux réunions de parents d'élèves. Sans personne à qui raconter, à qui demander son avis.

Elle choisit le métier d'institutrice. Pour être à la maison à cinq heures, avoir les vacances scolaires, les week-ends entiers. Elle fut nommée dans une école grise et sale du vingtième arrondissement où les enfants la tutoyaient et lui parlaient les doigts dans le nez. Elle partait tôt le matin, après avoir appris à Sophie à lever son frère et à faire chauffer le Banania, prenait le métro, était à l'entrée de l'école, surveillait la cantine, la sieste, le préau pour avoir un peu plus d'argent en fin de mois. Elle dormait de fatigue au milieu de ses quarante-deux élèves, rentrait le soir pour doucher Philippe, faire réciter Sophie, cuire leur bifteck et s'endormir.

Elle rêvait chiffres, saisie, impôts locaux. Quelquefois, elle repensait à Jamie, à Venise, à Tataro, à tous ceux qui l'avaient courtisée, clés en mains, et soupirait : « Le mariage est une loterie. »

Toute son énergie se concentrait sur ses enfants. Elle leur apprendrait à ne jamais être désarmés, à se débrouiller. Ils feraient des études, ils seraient indépendants et libres. Ils ne manqueraient de rien.

Philippe deviendrait un grand homme d'affaires. Sophie ferait un mariage brillant. Un banquier, un baron, un prince peut-être. Elle serait enfin récompensée de ses petits matins en métro, de ses journées si sales. Dans les rêves de Camille, ses enfants devenaient Princes charmants.

Je me fiançai.

Malgré les prunelles gelées d'Eduardo, ses mains crispées sur le volant et le souvenir de ses baisers si pacifiques. Dans l'appartement de mon enfance. Avec, à mes côtés, papa, maman, Philippe, Antoine et ses parents venus de Washington. Son père, amical et beau, que je surpris dans l'entrée, disant à son fils : « C'est vraiment sérieux ou tu te fiances pour lui faire plaisir ? »… En anglais, mais je compris. Je compris que son air amical cachait une longue pratique de femmes séduites. Sa mère, plus agressive, inquiète pour l'avenir de son fils, persuadée qu'il aurait pu trouver mieux… Maman tellement émue par ce qui m'arrivait, tellement dérangée dans ses habitudes de mère de fille dévoyée qu'elle avait préféré ne rien organiser et s'en remettre à un traiteur. Qui n'arrivait pas…

On attendait tous le coup de sonnette qui mettrait fin à nos fringales et à l'embarras des conversations. Papa multipliait les scotches, maman comparait New York et Washington qu'elle ne connaissait pas, Philippe s'ennuyait, Antoine tenait la main de sa mère, lui racontait Lausanne, notre appartement, son université et, moi, je pensais que, pour une cérémonie officielle, ce n'était pas très bien organisé.

Mais, en ce jour de juillet, j'existais. Moi qui trouvais toujours plus réel, plus beau ce que possédaient ou faisaient les autres, j'étais l'héroïne de la fête, Sophie qui se fiance avec Antoine. Avec des témoins et une bague.

Une bague, qu'Antoine m'avait remise en tête à tête, à l'apéritif, quand papa n'en était encore qu'à son premier whisky, que le traiteur n'était pas en retard.

Il m'avait entraînée dans le couloir, où j'avais si souvent joué à cache-cache avec Philippe, et m'avait passé au doigt un bouquet de diamants et d'émeraudes, signé Cartier, acheté le matin même par ses parents.

J'étais émerveillée. Je le regardais m'enfiler la bague, me prendre la main dans la sienne, me baiser la paume et me dire : « Sophie, je t'aime pour la vie. » Moteur ! Action ! C'est moi, la blonde platinée dans une longue robe à fleurs Cacharel à qui le jeune premier balbutie sa flamme. C'est moi, la future mariée de la petite église de campagne, la maman de Gaylord et Caroline. Tout ça c'est moi. Je fixais la bague énorme, le visage brun d'Antoine, ma silhouette blonde dans la glace du couloir. C'était pour de bon. Je venais de faire quelque chose de décisif : j'allais me marier.

Les télégrammes arrivaient. Des gens que je ne connaissais pas, des tantes que j'avais oubliées, des amis que je croyais égarés.

Mais rien de Ramona. Rien d'Eduardo. Mes deux préférés.

Il était deux heures. Le traiteur ne sonnait toujours pas.

On prenait des photos, on regardait la bague. Papa se resservait. Maman fronçait les sourcils et montrait la bouteille du menton à Philippe qui haussait les épaules.

On mit des disques, on parla politique, Kennedy, Nixon, de Gaulle, l'Otan, Berlin…

À deux heures et demie, le traiteur sonna, s'excusa, mit la table, menaça l'extra de le renvoyer s'il ne se dépêchait pas.

À trois heures, on s'installa devant un pâté en croûte, une pintade rôtie, des petits pois, des carottes, du fromage et de la charlotte aux poires.

Papa buvait toujours, comparait la varappe en Hautes-Pyrénées et dans le massif du Mont-Blanc. Les parents d'Antoine l'écoutaient intrigués par le mot « varappe ». Maman essayait de récupérer la conversation et de l'élever à un niveau plus international. L'extra avait dressé la table dans mon ex-chambre trop petite et avait du mal à servir les « en bout de table ».

Je me mettais à haïr doucement cette cérémonie officielle. Mon rôle d'héroïne disparaissait dans les ratés de l'organisation. On me volait ma joie de faire comme tout le monde.

Pourquoi est-ce que les autres ont droit aux fleurs par bouquets entiers (papa ne m'avait rien apporté, même pas une anémone), au champagne qui éclate et aux extras stylés, pendant que, moi, j'affronte le retard du traiteur, les langueurs de la conversation et l'embarras des participants ?

Tout allait de travers dans mon album d'images.

J'avais attendu, de toutes mes forces, ce jour-là. J'échouais lamentablement. Une fois de plus, ma construction en Leggo s'écroulait. J'avais voulu faire comme les autres mais n'avais réussi qu'à les singer.

Trop lucide pour gommer mon échec, j'assistais navrée à cette fin de journée.

Papa, imbibé de millésimes divers, s'endormit sur le canapé du salon. Les parents d'Antoine prirent congé, étonnés. Philippe sortit, exaspéré par toutes ces inconvenances, et maman s'écroula de chagrin en maudissant mon père.

Il ne restait plus qu'Antoine et moi, debouts.

Il me prit dans ses bras. Je pleurai longtemps mes illusions bien élevées, mes efforts pour être agréée. La bague scintillait dans mes larmes.

Ramona reposait, rayonnante et aboutie, le nez enterré dans le torse de son amour. Tous les deux perdus dans le lit, rejoints dans leur Vie.

Ils restèrent ainsi toute la nuit, tout le jour et encore dix jours et dix nuits. Sans se déprendre. À se dévorer des doigts, des yeux, de la bouche. Avec une dévotion qui sentait l'encens, une ferveur de derviche tourneur.

Puis, un matin, ils s'étirèrent, se sourirent, se déclarèrent un grand creux dans leur faim.

Ils prirent à la suite un déjeuner, un dîner et un souper pour mieux se rassasier.

– Il faut se méfier de la jeune fille qui ne roule pas ses doigts dans les ragoûts, ne lèche pas le sucre collé sur ses ongles…, déclara le sultan sentencieux.

Puis il sortit une flûte et se mit à jouer.

– La flûte rend immatériel, aérien. Il faut toujours en jouer après une trop grande absorption de graisses cuisinées…

Ramona souriait aux dictons de son amour, écoutait, enfouie dans un uniforme de postier qui avait appartenu à l'oncle du Caire.

– Dans la famille, tous les hommes sont postiers et les femmes gourgandines. C'est une coutume qui vient de nos ancêtres mamelouks, hommes de grande débauche. Mais tu n'es pas obligée de la suivre, ajouta-t-il, moi-même je ne suis postier que les jours d'extrême nécessité…

Les Mamelouks… Ramona se rappelait les guerriers qui la faisaient divaguer sur ses livres d'histoire. Des aventuriers venus à cheval des steppes du Caucase pour conquérir l'Égypte. Quarante-sept souverains morts des suites d'intrigues de palais, d'empoisonnements, d'étranglements, de poignards dissimulés dans de longues manches. Des géants aux yeux bridés, à la moustache peinte chaque matin au blanc d'œuf, au sexe si énorme qu'ils ne pouvaient baiser que leurs courtisanes aux vagins déchirés dès leur plus jeune âge.

Ils avaient lancé leurs jonques à la découverte des épices, pillé les palais des doges de Venise, raflé tous les tissus brillants et lamés pour entourer les tailles de leurs femmes mutilées. Ils avaient construit des mosquées, des palais aux verres multicolores, comme ceux qui chatoyaient dans la chambre. Ils ignoraient les préjugés, les coutumes et les politesses, laissaient leurs esclaves régner en maîtres, leurs femmes les assassiner en douce. Ils envahissaient les royaumes chrétiens, enterraient leurs prisonniers vivants, debout, dans les murailles des villes prises.

Un soir, après une longue bataille où les chevaux s'étaient couchés éventrés, ils avaient perdu leur souveraineté devant les Turcs vainqueurs. S'étaient éparpillés au hasard des provinces, qui les avaient connus rois et cruels. Peu à peu, la race avait été décimée par les duels au couteau, les meurtres échafaudés les soirs de trop grand ennui, les maladies pernicieuses sorties des vagins des femmes. Mais ils avaient gardé leur stature de géants des steppes asiatiques.

Elle était en train d'écouter la flûte d'un petit-fils de Mamelouk. Dont les yeux n'étaient plus bridés, la moustache plus lissée au pinceau et qui frisait de tout son orgueil, de toute sa vitalité.

Et, pendant qu'elle étudiait le cours de la Seine et le mont Gerbier-de-Jonc, il apprenait à remuer en cadence les rames de la jonque pour être un jour embauché comme postier… Pendant qu'elle écoutait les doigts de M. Hector tracer, au fil de plomb, le taux de sa scoliose, il crawlait dans les roseaux du lac, pour rapporter des orties parfumées pour le bain de sa maman gourgandine… Pendant qu'elle repoussait les avances transpirantes des minets de surprises-parties, il attendait, sous un portique rouillé, la femme qui se laisserait déchirer par son sexe silex…

Un descendant des Mamleouks et une élève des dames augustines enlacés, éperdus.

Il la regardait penser en souriant, lui essuyait les babines toutes graissées et lui donnait à manger, à la main, les morceaux de buffle qui restaient dans l'assiette.

Le jour baissait. Elle ne savait plus quelle heure il était, de quel jour, de quelle année. Elle essaya de se lever mais trébucha… Il la prit dans ses bras, la berça contre lui.

Juste avant de s'endormir, enchevêtrés dans leur fin de festin, il demanda :

– Comment t'appelles-tu petite Occidentale rencontrée ?

– Ramona… Et toi ?

– Dheni… Comme le dernier roi mamelouk…

Une nuit, Ramona rêva que Sophie l'appelait, qu'elle courait après une jonque en épelant son nom : R-A-M-O-N-A… Chaque lettre lui faisait cracher des flots de larmes sirop de fraises écrasées. Ramona se réveilla et hurla dans le noir du lit de géant.

Dheni la prit dans ses bras :

– Ramona, tu as rêvé un maléfice ? Veux-tu que je sorte le chasse-mouches de sous mon oreiller et qu'il disperse tes mauvais rêves ?

– C'était Sophie, je l'ai reconnue. Elle a besoin de moi, j'en suis sûre. Et je suis si loin d'elle… Oh ! Dheni, aide-moi…

Dheni caressa le menton de Ramona, sa peau de bébé fleuri, ses cheveux de fil fin, tout en cherchant comment venir en aide à une petite Occidentale perdue dans les mirages du confort, dans le chewing-gum de la mécanique…

Dès qu'il pensait action, Dheni se travestissait en pharaon.

– Partons consulter mes ancêtres dans la vallée de leur Mort. Eux nous donneront le conseil judicieux…

Avant que le soleil ne se lève, Dheni alla voir son ami et voisin le marchand de bonnets ronds en feutre et lui emprunta de l'argent. Il lui demanda de bénir son voyage et d'atténuer par ses prières le courroux des pharaons arrachés à leur sommeil.

Ils ramèrent de longs jours, dormirent à l'abri des roseaux feutrés, remontèrent le golfe de Suez, la mer Rouge, croisèrent des bœufs amphibies et arrivèrent un soir dans la ville de Kosseir. Là, Dheni, loua un chameau et ils gagnèrent la vallée des Rois et de leur Mort.

– Respire jusqu'au plus profond de l'air, expliqua Dheni, alors seulement tu entreras en contact avec mes ancêtres et tu comprendras leur vérité. Mais si tu t'arrêtes à la superficie des choses, tu ne découvriras que touristes agités, cars pollueurs et Kodachromes sacrilèges. Ferme les yeux, ouvre les narines. Pense très fort à Sophie et le chameau s'arrêtera de lui-même devant la tombe du pharaon qui nous délivrera le message…

Le chameau divaguait à travers les tombeaux. L'œil endormi et stupide. Ramona ne savait pas si elle devait vraiment se fier à lui. Dheni, posté sur la plus haute bosse, posait un regard de sérénité convaincue sur l'itinéraire emprunté par l'abruti quadrupède.

Soudain, le chameau se figea, les membres raides et révulsés, devant le tombeau de Séthi Ier, s'agenouilla brusquement, manquant les estropier à jamais. Dheni releva Ramona et ils empruntèrent le chemin qui mène à l'intimité des pharaons. Ils suivirent un long corridor, traversèrent plusieurs salles carrées, une chambre à quatre piliers, descendirent un escalier de pierre, saluèrent une chapelle et s'arrêtèrent enfin dans un vestibule étroit sculpté de graffiti de tous les siècles.

– Il faut attendre que celui destiné à ton amie apparaisse au milieu des autres. C'est ainsi que procédaient mes ancêtres quand ils voulaient délivrer un message : ils proposaient plusieurs plaques de pierre taillées et écrites pour n'en laisser qu'une seule évidente…

Ils s'assirent devant la paroi. Gardant les yeux grands ouverts pour ne pas laisser passer le message divin.

Ce fut Ramona qui, la première, l'aperçut. Les lettres virèrent au brun sur le mur, s'agrandirent, s'occidentalisèrent et elle put déchiffrer ces mots : BE YOU.

Elles les récita, les incrusta sur sa peau à coups de canines puis regagna la lumière des mortels ignorants, et se laissa reconduire sur la jonque…

De retour de leur voyage dans la vallée des Rois, Ramona et Dheni dormirent quarante-huit heures pour oublier le roulis du chameau. Un matin, Dheni se réveilla et déclara qu'il devait rembourser son ami, le marchand de bonnets en feutre ronds. Il demanda à Ramona si cela la chagrinait beaucoup de rester seule, lui proposa de lire le voyage de Marco Polo aux Indes, lui donna un crayon, du papyrus et partit… Il ne savait pas quand il serait de retour. Il devrait travailler dur pour avoir des économies.

Ramona promit d'être aussi chaste que sainte Irénée la belle, aussi patiente qu'un cerf-volant, aussi douce qu'un sorbet acidulé. En entendant ces mots, Dheni faillit poser son baluchon. Quand son dos carré eut disparu sur le petit chemin, Ramona se sentit vieille et abandonnée. Elle fit bouillir de l'eau pour le thé, raccommoda une pièce de tatami, lut un bout des aventures de Marco Polo aux palmiers qui donnaient des signes de chagrin… La nuit tombant, elle se sentit encore plus isolée. Elle eut alors l'idée d'écrire à Sophie.

Elle prit le papyrus, le crayon, s'enroula dans le dessus de lit, mouilla la mine de sa langue pointue et commença :

« Ma boule d'amour.

Je suis heureuse, si heureuse… À moitié gâteuse. J'ai beaucoup de mal à te décrire Dheni car j'ai l'impression que c'est mon jumeau et je sais mal parler de moi. Te rappelles-tu la première fois où tu vins m'avouer, les yeux papillonnants, ce plaisir étrange que tu baptisais crampe ? Qui te rendait mollusque et servante ? Je viens de découvrir cet amour éclair. Avec Dheni. Le premier soir où nous avons fait l'amour. Ma première fois à moi. Je crus que c'était un hasard. Puis je me suis concentrée pour découvrir l'origine de ce nœud lasso qui me chevillait à son corps… Je crois que j'ai trouvé. Je vais sûrement, en t'expliquant cela, couper la tête à ton Prince Charmant, garantisseur d'extases, mais tant pis… Je me suis rendu compte, qu'en me plaçant copie conforme, juste en dessous de Dheni, ce que les manuels vulgarisateurs appellent position du missionnaire, en empoignant des deux mains ses hanches, en tournant et retournant autour de son sexe, en m'y frottant, en m'y accrochant, en en jouant comme d'un générateur de jouissance infinie, je faisais naître en moi, les prémices de la crampe… La crampe n'est plus magique, elle dépend d'une position physique. Mécanique. C'est triste, sauf si tu aimes tellement le sexe qui te baise que tu sublimes tes lois automates…

Mais, quand tu as découvert l'origine de ce plaisir qui te rendait servile, tu as la joie de te sentir libre et indépendante… Tu ne dépends plus d'un homme, tu as le pouvoir de la crampe en toi…

Voilà ma boule d'amour caramélisée. Tu vas recevoir dans quelque temps le message qu'un vieux pharaon m'a délivré pour toi. Il t'arrivera gravé sur un morceau de pierre. Tu posséderas, ainsi, le secret du bonheur véritable. Je te lèche le bout du nez, y introduis mon index en signe d'affection profonde et te remets le moral d'aplomb. Je t'aime à l'infini. Ramona. »

Elle voulut dessiner Dheni sur le dos de l'enveloppe mais la mine de son crayon cassa…

Dheni rentra au bout de huit jours.

Ramona l'attendait en tailleur sur les marches. Pâle et vert-de-gris. Il fut si ému qu'il la souleva dans ses bras et la lança si haut, dans les airs, qu'elle faillit se perdre dans la stratosphère.

Puis il lui offrit un colosse renversé, pure antiquité qu'il avait déterrée dans les marécages et un chat borgne et maigre, baptisé René-Lucien.

Ramona roula à ses pieds, imita la boule de lastex, la balle de tennis, les billes des cours de récréation, pour le faire sourire, rire et s'effondrer aux pieds du colosse étonné.

Ce n'est qu'une fois qu'il avoua être ficelé d'amour, qu'elle retira l'uniforme de postier, endossé par solidarité, et qu'elle le supplia de la prendre, là, doucement, sur le gazon devant le chat René-Lucien et le colosse renversé…

Un matin de décembre, un de ces matins où la lumière du kaléidoscope est pâle et feutrée, Ramona montra à Dheni son ventre qui s'arrondissait. C'était un bébé.

Il fallut ajouter un étage à la maison. Dheni voulait qu'il gambade en toute liberté. Il lui dessina une balançoire en bambou et un berceau migrateur. Il posa ensuite Ramona dans une nacelle, lui enjoignant d'y passer ses journées, sans remuer afin d'économiser le souffle si précieux à l'expulsion du fœtus. Ramona sautillait dans sa nacelle, impatiente de marcher avec son supplément de bagages… Mais Dheni roulait des yeux si furieux qu'elle promit de rester suspendue. Neuf mois. Le bébé naquit alors que Ramona dormait. Ce fut le chat René-Lucien qui lui fit sa toilette, léchant abondamment le placenta collé à la peau rose et lisse. Après l'avoir nettoyé, il le prit par le cou et partit le poser sur l'oreiller de ses parents.

Dheni le reçut en pleines mains, et remua les doigts, émerveillé devant ce bébé qui le contemplait avec sérieux. Il réveilla Ramona, lui fit part de l'heureux événement et ils reprirent, à deux, leur observation. Ramona frôlait les cheveux mouillés et bouclés, les grands yeux algues mouillées que Dheni avait dû rapporter des lacs Amers, et la bouche ourlée qui tétait l'air.

On n'apercevait pas son sexe à travers les plis et replis de ses cuisses, et les parents trouvaient bien inconvenant de se renseigner si vite, après si peu de présentations.

Ils firent alors ami-ami, échangèrent sourires, baisers, cadeaux. Bien calé dans la paume de son père, le bébé écoutait. Ce fut de lui-même, alors que Dheni, en mâle impatient, se préparait à glisser un doigt indiscret entre les jambes de son enfant, qu'il leur montra une petite fente si nette, si droite qu'ils purent déclarer, sans l'aide d'aucun médecin, qu'ils avaient conçu une fille.

Dès que le sexe fut identifié, Dheni chercha un prénom seyant et onirique. Il réfléchit longuement, demanda à Ramona de lui en énoncer quatre qu'il calligraphierait sur des morceaux de papier.

Ramona proposa Sophie, Iphigénie, Rapsodie, Caramel…

Dheni tendit les quatre papiers au bébé qui, après

avoir médité un instant, tira le troisième en partant de la droite.

C'est ainsi qu'apparut, sur l'état civil d'Ismaïlia, Iphigénie, fille de postier mamelouk et de Parisienne exportée.

Mes fiançailles avaient été un échec complet sur le plan des structures d'accueil mais, au moins, j'étais fiancée. On souriait dans la rue à mon annulaire scintillant, on s'attendrissait chez la boulangère, on me félicitait au collège où je faisais rêver mes élèves les plus romantiques. Je n'étais plus concubine, remplaçable d'une minute à l'autre. J'avançais d'un pas plus lent, plus responsable.

Les vacances scolaires suisses étant très courtes, j'avais regagné Lausanne bien avant Antoine, parti aux USA. J'étais donc seule, dans mon petit appartement lorsque mon voisin sonna.

Revêtu de l'uniforme de l'armée suisse, car il est en pleine période militaire. Un mois par an, en effet, les petits Suisses se recyclent dans le maniement des armes, en cas de conflit international.

– Bonjour…

Il est vraiment beau. Dans une vareuse vert bouteille, les cheveux coupés très courts, la taille fine, les cils noirs drus et les dents blanches. Du genre svelte, bien élevé mais coquin. Nous nous sommes déjà dit « Bonjour » plusieurs fois dans l'escalier, avons tricoté un sourire timide et des « il fait beau, il fait chaud, il fait froid n'est-ce pas ? ».

Bref, on se connaît du fond des yeux. En cinéma muet.

– Je viens parce qu'on fait une répétition abri atomique dans l'immeuble et il faut que vous descendiez à la cave avec nous.

Dans chaque immeuble moderne suisse, il y a un abri atomique avec douches, w.c., caisses de savons et de pâtés, couvertures, portes blindées. Je l'ai visité en m'installant dans l'appartement, mais n'aurais jamais imaginé qu'on procéderait à des répétitions.

Mon légionnaire vert m'entraîne dans les sous-sols, où se trouve toute une partie de la population de l'immeuble, grave et frileuse, comme si une bombe était suspendue au-dessus de nos têtes. D'autres hommes verts sont là, qui nous expliquent comment enfiler le masque antigaz, se protéger des émanations, en s'allongeant sur le sol dans le sens opposé à la déflagration (comment le saurais-je ?). Ils distribuent des rôles féminins et ménagers, ou masculins et musclés.

Je sens le fou rire me guetter. Je regarde, du coin de la pupille, mon voisin tout vert. Il a l'air absorbé du petit Suisse confiant dans les institutions de son pays. Bon. Rien à espérer de son côté.

On répète. Les sirènes hurlent. Les femmes s'activent, les hommes vissent les portes blindées. Je trouve tout cela un peu exagéré mais j'obéis. On ne sait jamais. Je serais bien bête de ne pas vivre avec mon temps.

La répétition terminée, on se congratule sur la rapidité de nos réflexes, on fait connaissance, je me rapproche de mon légionnaire qui a l'air d'être le chef ici. Il nous propose de prendre un pot chez lui.

Il a un studio plus petit que notre appartement. Mais sa terrasse est plus grande. Il débouche du champagne en l'honneur de la France et je souris, intimidée, remerciée, toute rouge.

Vers dix heures du soir, nous ne sommes plus que tous les deux. Moi, un peu colorée et ragaillardie par les bulles Krugg ; lui, toutes fossettes enfoncées, et le vert profond de ses yeux dans les miens.

Il fait doux, on s'allonge sur la terrasse, je pose ma tête sur ses jambes et on parle de la vie, du temps qui passe, de tous ces mois où on a été voisins muets, de la difficulté de communiquer en grand ensemble, du prix de la vie en France et en Suisse, du vin blanc suisse, du vin rouge français…

On parle, on parle. Il débouche une autre bouteille « rien que pour nous deux »… L'intimité se resserre. Je suis tout près d'un soldat inconnu, pas loin de perdre les sens devant une vareuse étrangère.

Le bouchon du champagne saute, il m'asperge de mousse derrière les oreilles, me lèche le cou, dit que ça porte bonheur. Je le trouve de plus en plus beau. J'ai envie de le toucher, de le respirer. Il m'embrasse. C'est bon… Je glisse dans ses bras, l'appelle mon abri atomique préféré, il sourit, reprend son baiser, passe la main sous mon tee-shirt, effleure mes seins, humm, je ferme les yeux, je m'abandonne, je savoure, lappe sa bouche à petits coups, il se lève, déboutonne son treillis, enlève sa chemise et, soudain, je réalise : Merde, je suis fiancée ! Qu'est-ce que je fous ici, à moitié déshabillée, à côté d'un mec qui n'est pas Antoine ? Toutes mes bulles se crèvent. J'ai failli oublier ma belle bague toute neuve. Je retombe sur le balcon en béton, balbutie une explication conne, du genre : « Excusez-moi, j'avais oublié que j'étais fiancée mais c'était bon quand même… » Il me regarde, stupéfait, et je pars rejoindre l'appartement d'à côté, le mien.

Merde, merde et merde ! Je ne changerai jamais. Mon honorabilité n'aura pas duré longtemps. Je me déteste… Tout en regrettant immensément. J'aurais tellement aimé pécher avec un inconnu. Un qui ne parle pas, qui ne se raconte pas mais qui œuvre en silence, qui me baise anonyme. Moi, les yeux clos, sans identité, fantasmant très fort sur le noble étranger, qui se balance au-dessus. Jouir en se disant que demain c'est fini. Sans référence, sans alibi du grand amour, sans respect pour la famille. Baiser entre parenthèses.

Tout ce dont je ne suis pas encore capable, puisque je viens de me tirer de chez mon beau voisin. Une envie à reléguer dans mes embouteillages intérieurs…

La semaine passe. J'évite mon soldat, me concentre sur les copies à corriger, écris de longues missives pleines de flammes à Antoine, lui répète mon amour à chaque page, lui crie que je meurs sans lui, tranquille, au soleil de mon balcon, toute nue au cas où mon voisin m'apercevrait à travers le verre dépoli de la cloison.

Une année scolaire recommence, mes élèves changent. Les vignes rougissent. Un soir de septembre, où je regarde le soleil se coucher dans les diamants de ma bague, le téléphone sonne :

– Pronto, telefono de Milano…

C'est Eduardo…

– J'arrive demain à Genève par le vol Alitalia 749. Tu viens me chercher ?

Oui signor, avec un plaisir extrême.

Je l'attends le lendemain à l'aéroport de Genève-Cointrin. J'arrive en avance, de peur de rater l'avion, et parce que j'aime traîner dans les aéroports, regarder les boutiques, la tête des voyageurs, les scènes d'adieux et de retrouvailles. Je me construis des romans d'amour, des réconciliations après héritages, des échanges de secrets internationaux, à la vue d'un turban arabe, d'un attaché-case Cartier ou d'une étreinte déchirante…

On annonce le vol d'Eduardo. Je file aux toilettes vérifier si tout est en ordre, si mes cheveux n'ont pas graissé en quatre heures, si la poudre n'a pas viré en plaques. Non, tout va bien. Je retourne ma bague pour qu'il ne voie pas que ça, secoue la tête pour ébouriffer artistiquement mes cheveux et me présente à la sortie des voyageurs.

Il est là. Toujours italiano. Pas très beau. Les cernes se sont agrandis, les bajoues allongées. Il a l'air fatigué. J'aperçois sa dent en or dans son sourire. Ses petits cheveux, rares sur le dessus, volettent aux courants d'air. Il les raplatit, agacé. Mais quand il me repère, il me regarde de façon inoubliable et je reçois en plein visage le charme de cet homme pas comme les autres. J'oublie le cheveu rare, la dent en or et les marques de fatigue. Je ne retiens que le rêve qu'il me balance dans le cœur chaque fois que je le vois.

– Eduardo…

– Sophie…

On se collisionne, émus, pudiques. Pas question de craquer devant l'autre. Il m'a quand même complètement oubliée depuis six semaines… Je me suis fiancée, malgré ses baisers doux. Mais on s'étreint si fort que tout le pardon passe dans nos bras martingales.

– J'ai une très bonne nouvelle pour toi… Même si tu ne la mérites pas vraiment…, commence Eduardo, mystérieux.

Je saute d'impatience, me pends à son bras.

– Qu'est-ce que c'est, qu'est-ce que c'est ?

– Je t'ai trouvé un nouveau travail et celui-là fan-tas-ti-que !

J'ai beau le menacer de me rouler par terre devant tout le monde s'il me fait attendre plus longtemps, il répond :

– Surprise… surprise…

Et affiche un air définitivement bouche cousue.

Eduardo me prend par le bras. Il a du bi-voltage dans les yeux.

– Tu me suis ?

– Oui.

Je suis toujours Eduardo.

Il prend la route de Genève-centre ville. Sans parler de mes fiançailles ni de mon humeur. Il s'arrête devant *la Tribune*, journal bien vu des petits Suisses à qui il apporte jugements et informations certifiés.

– C'est ici, me dit-il en coupant le contact.

– Comment ici ? Tu vas faire une déclaration à la presse ?

– Arrête de plaisanter, affiche un air sérieux. Tu vas rencontrer ton nouveau patron : le rédacteur en chef de ce digne journal, M. Chardon.

– Mon nouveau patron ? Mais je travaille déjà ! Je te rappelle que je suis professeur de français-latin-histoire dans une vénérable institution.

– Tu n'as pas envie de changer, de devenir journaliste par exemple ?

– J'en rêve, mais tu sais bien que ce n'est pas possible.

– Et pourquoi ?

– Parce qu'il faut connaître des gens, être introduite, pistonnée. Tout ce que je ne suis pas…

– Mais tu en as envie quand même ?

– J'en titube d'envie. J'imagine souvent, lors de mes rêveries nocturnes de compensation, que je suis reporter dans un quotidien. Grand reporter, bardée de Nikkon, des coupures de presse dans la bouche…

– Tu ne seras sûrement pas grand reporter au début, mais, si tu le désires, je te présente à M. Chardon et tu entres à *la Tribune*. J'ai rencontré ce monsieur à l'occasion d'un dîner, à Milan, il y a quinze jours. Il m'a dit chercher un reporter stagiaire, je lui ai parlé de toi, il est prêt à essayer…

M. Chardon a cinquante ans, les cheveux teints noisette, le ventre en avant, une moustache teinte aussi et des lunettes sur la tête pour faire professionnel. Répandu dans son fauteuil, il me regarde en prenant tout son temps. Moite de timidité, des plaques rouges sur tout le corps, je laisse Eduardo dérouler mon générique. M. Chardon écoute, tout en m'espionnant derrière ses carreaux. Il doit me trouver plutôt introvertie et transpirante. Enfin, il me demande quand je peux commencer. Consciente de tenir la chance de ma vie, je lance :

– Dans trois semaines, le 1er octobre.

(Et qu'est-ce que je vais dire à mon gentil directeur ?)

– D'accord pour le 1er octobre, approuve M. Chardon.

Il me fait signe que l'entretien est terminé, remercie Eduardo de m'avoir présentée et lui serre la main.

C'est ainsi que je fus engagée comme stagiaire à *la Tribune*, et que mon destin fit demi-tour gauche.

Perdue dans mon irréel, je n'ai pas demandé le montant de mes gains, mes heures d'ouverture et la nature de mon travail. Tout est flou et excitant. Je ne sais pas du tout ce qui va m'arriver. Eduardo m'emmène me rétablir dans un bon restaurant. Je reprends le cours de mes paniques :

– Qu'est-ce que je vais dire à Antoine ?

– Tu lui diras que tu vas enfin exercer un métier qui te plaît.

– Qu'est-ce que je vais annoncer à mon gentil directeur ?

– La même chose.

– Oui mais…

– Arrête de dire « oui mais… » sans arrêt. C'est une occasion fantastique, saisis-la au lieu de parsemer des obstacles. Si je te racontais l'histoire d'une fille à qui on propose une telle situation et qui ne fait que répéter « oui mais… », tu la traiterais de conne irrécupérable !

– Oui mais…

Et j'éclate de rire, piégée par le charme infernal de mon ami dérangeant.

– Tu sais, lui dis-je émue (chaque fois que j'évoque mon enfance, maman ou Philippe, j'ai des larmes instantanées aux paupières), quand j'étais petite, j'avais un journal intime. Et à huit ans, j'écrivais : « Journaliste, je veux être journaliste. Rien d'autre. » C'est drôle, non ?

– Ce qu'il est urgent que tu te mettes dans la tête, petite boule d'angoisses, c'est que sa vie, on peut la choisir, la décider. Au lieu de la subir comme une bonne victime bien élevée ou de rêver comme la plupart des refoulés…

– Eduardo, arrête de te moquer de moi !

– Je ne me moque pas de toi, je t'aime, c'est différent.

Sa déclaration me désarticule. Pourquoi faut-il qu'il

prononce des mots aussi compromettants ? Cela jette un trouble dans la conversation.

Je bus beaucoup ce soir-là. Pour célébrer et me donner le courage de mener ma nouvelle vie. Je déchiquetai mon canard à l'orange et nettoyai l'assiette d'Eduardo (je préfère toujours ce qu'il y a dans l'assiette des autres). Eduardo assiste, attendri et indulgent.

– Tu as manqué de beaucoup de choses quand tu étais petite ?

– Oh ! oui… Je suis passée par une grande période de restrictions quand papa est parti.

Avec lui, je n'essaie pas d'être l'expression de mes sentiments distingués. Je torchonne avidement tous les reliefs de son assiette, commande trois desserts et finis celui d'Eduardo.

– Et maintenant que fait-on ?

– Tu veux aller danser ?

– Non, je me sens trop lourde…

– Veux-tu rentrer à Lausanne dormir ?

– Non, c'est trop raisonnable, après une journée comme celle-ci…

– Alors je te propose de regagner ton lit, en passant par la route du tour de lac, avec arrêts romantiques dans chaque village endormi.

– Accepté.

Je me faufile dans sa Ferrari et nous suivons les bords du lac. Il fait doux et constellé. Il ne manque plus que les violons philharmoniques pour nous embolir le cœur. Eduardo me signale chaque monument à la Patrie, chaque église, chaque bout de lac sous clair de lune. La vie est grisante, terriblement personnelle et stimulante. Je ne vais plus de véranda en véranda, me choisissant la plus chauffée et la mieux décorée. Je me construit moi-même mon abri portatif.

J'observe le profil de mon initiateur, dans le noir. Je lui suis si reconnaissante que je serais prête à dormir contre lui. Il me donne des ailes, efface le mauve de mes cernes et fauche mes béquilles. Pas étonnant que j'aie envie de me blottir dans ses bras. Journaliste. Mon rêve de petite fille, que j'avais abandonné tellement il me paraissait irréalisable, insensé. Réservé à des privilégiés. Et je ne me compte jamais parmi les privilégiés. J'ai même plutôt tendance à me ranger dans les classes laborieuses. Celles qui trouvent normal de gagner 6 francs 40 de l'heure à l'école Z… et qui salivent en lisant dans les journaux les fabuleuses histoires des filles qui réussissent. En soupirant, les yeux dans l'encre d'imprimerie que ça ne leur arrivera jamais…

Je m'étire dans le siège baquet. J'ai de la chance. Je lance un grand soupir conte de fées. Je ne sais plus très bien qui je suis : la fiancée tendre et soumise d'Antoine ou la femme karaté qu'Eduardo veut faire de moi ?

J'ai de plus en plus envie de ressembler à la femme d'Eduardo, d'ouvrir grand mes fenêtres sur un avenir plein de possibilités. Pourquoi ne nous apprend-on pas, quand on est petite, que tout est possible ? Au lieu de nous enfermer dans un univers d'interdits et de complexes ? Seule, je ne me serais jamais crue assez présentable, intelligente, qualifiée pour forcer la porte de M. Chardon.

Eduardo me laisse devant mon immeuble sans poser de baiser rose sur mes lèvres, sans évoquer les cent mille paillettes de mes yeux… Je suis un peu déçue.

– Monte dormir et tâche de trouver une excuse valable pour ton directeur, demain.

Tant de réalisme. Il ne me laisse aucune raison de divaguer sur sa flamme éternelle et je le quitte, un peu amoureuse.

Je donnai ma démission au directeur de l'école.

J'essayai, d'abord, de trouver un mensonge crédible, qui explique mon brusque départ en début d'année scolaire, ce qui allait le mettre dans une situation précaire, puis me repris et décidai de dire la vérité. Puisque j'avais envie de vivre mieux, autant m'entraîner à la première occasion.

L'entretien fut difficile. Je lui laissai trois semaines pour se réorganiser, c'était peu, évidemment… Mais quand je prononçai les mots « vocation d'enfant » et, surtout, le titre prestigieux du journal, il remua le menton, se gratta l'oreille et marmonna : « Oui… Naturellement… » Un poste de stagiaire journaliste à *la Tribune* lui paraissait plus attirant que le métier de professeur, et lui-même rêvait peut-être, quand il avait huit ans, d'écrire dans un journal… Il caressa, encore une fois, les ronds en feutrine de sa veste puis me fixa bravement et me dit :

– Bon, je vous laisse partir et vous souhaite de réussir.

Je sortis de cette entrevue, grisée. Eduardo avait raison : dire la vérité et être soi-même faisait de la vie un parcours excitant, se fixer des paris qui font peur vous mettait des talonnettes sous les pieds.

Je pris un chocolat chaud place Saint-François et regardai l'assistance du salon de thé, irradiée de bravoure, moi qui d'habitude pénétrais en pataugeant dans tout lieu public… Je n'avais plus besoin de fumer ou de faire semblant d'attendre une amie, pour excuser ma solitude.

Je rentrai à la maison sur un tapis de plumes. Décidai de ne pas regarder la télévision mais de lire un bon livre, m'enroulai dans le plaid écossais d'Antoine et sombrai dans un essai culturel. J'étais bien, efficace, déterminée, avec même un début d'avenir devant moi.

Je passai la soirée heureuse d'être seule, sans chercher d'occupations pour passer le temps. J'allais éteindre quand le téléphone sonna.

Antoine. De Washington.

– Allô, Sophie ?

– Mon chéri…

– J'arrive demain à Genève, tu viens me chercher ?

– Oh ! oui… Je t'aime…

– Quoi ?

– Je t'aime.

Je criai, dans l'appareil, ma joie de la journée, ma première victoire. Un « je t'aime » venu d'ailleurs.

– Moi aussi. Tu me manques, j'ai plein de choses à te raconter. Tu vas voir, on va avoir une vie extraordinaire…

On échangea encore quelques balbutiements d'amour fou et je raccrochai. Cela faisait trois semaines qu'il était parti. J'avais pu vivre trois semaines sans lui et sans mourir.

Le lendemain, je me garai à l'aéroport de Cointrin-Genève. Deux jours avant, c'était Eduardo que je venais chercher. J'arrivai juste comme l'avion se posait et courus jusqu'à l'arrivée des voyageurs. Antoine. Il y a un an je l'attendais aussi. Sans savoir qu'il atterrissait pour moi.

Il est toujours aussi beau, aussi bronzé, aussi jaguar. Merde ! Qu'est-ce qu'il est beau ! Mon fiancé à la peau mate et douce. J'ai envie de l'embrasser, je m'imagine le déshabillant là, devant les douaniers et la police de l'aéroport. Une envie furieuse qui me donne le goût de son sexe dans la bouche et me fait saliver.

– Antoine…

Ses bras, et son oreille qui sent le chèvrefeuille. Sa bouche sur la mienne, sa valise qui tombe, mes mains qui glissent sous le blouson.

Dans la voiture, on recommence. Et on parle. On ne sait plus où reprendre nos baisers et la conversation.

– C'est inutile. On n'ira pas jusqu'à Lausanne. Viens, je connais un hôtel…

Il m'emmène dans un hôtel derrière la gare. Il monte les escaliers, je le suis… On se déshabille très vite, on glisse sous les draps, je l'attrape à pleines mains, me cramponne à son dos, pendant qu'il me prend sans attendre, sans se faire attendre. Je ne veux pas jouir trop vite tellement c'est bon… Je voudrais que cela dure toujours. On se supplie : « Attends, ne jouis pas… », et on s'arrête dès que l'autre défaille. Le moindre coup de reins me transperce de plaisir, je ne veux pas bouger de peur de tout précipiter. On s'épie sous les paupières, on écoute nos cœurs qui bombardent, on déguste notre plaisir en l'économisant. Jusqu'au moment où on se laisse aller, œil dans l'œil.

Je me délie en silence dans ma jouissance, la goûtant jusqu'au bout, Antoine se plisse de tous ses yeux et s'abat sur moi… On reste longtemps sans parler, sans bouger… Faut-il se séparer trois semaines pour jouir aussi fort ? On vient de redécouvrir l'amour, dans un hôtel, derrière la gare de Genève. L'amour qu'on fait à deux, concentrés, où les discours intérieurs sur ce que je vais faire demain, et comment vais-je m'habiller, sont proscrits…

Après c'est la pause. Calée contre lui je fais des ronds de cigarette ratés et l'écoute. Parler de notre avenir. Son séjour aux États-Unis lui a remis en tête le fantastique dynamisme de ce pays. Son père a de plus en plus besoin de lui. Il y a beaucoup d'argent à gagner, d'affaires à développer. Alors on va partir…

– On s'installera à New York, c'est beaucoup plus vivant que Washington. Je finis mon trimestre ici, passe mon dernier examen en décembre et on s'envole pour les États-Unis…

Il me prend dans ses bras, me plante un énorme baiser mouillé et pousse un « Youppe » de joie…

– Finis les économies et les ennuis. On va vivre, ma chérie, vivre, vivre…

– Oui, mais moi… qu'est-ce que je vais faire là-bas ?

– Toi, tu installeras notre appartement, apprendras à parler anglais couramment, rencontreras des gens. Et tu me fabriqueras Gaylord ou Caroline au choix…

– Oui mais…

– Mais quoi ? Tu n'es pas contente de quitter la Suisse ?

– Si. Mais… Voilà, j'ai trouvé un stage à faire dans un journal. Je commence le 1er octobre…

– C'est très bien. Tu fais ton stage pendant trois mois. Cela te donnera de l'expérience et puis, on part. On te retrouvera bien quelque chose là-bas…

– Oui mais, à New York, je ne parle pas suffisamment bien anglais pour écrire dans un journal…

– Arrête de dire « oui mais… ». Tu m'énerves.

Écoute, on verra. Fais d'abord ton stage. On en reparlera…

Antoine perd de l'enthousiasme. Un peu déçu que je ne sois pas plus applaudissante à son changement de société. Il rentre, les bras chargés de nouveaux projets, et je lui parle d'un stage dans un journal suisse… Il ne me comprend pas. Je ne le comprends pas.

– Écoute, Antoine. Réfléchis. Ce stage, c'est mon rêve de petite fille. Si ça marche je peux devenir journaliste. Tu réalises jour-na-lis-te…

– Oui. C'est très bien. Je ne suis pas contre. Mais je pensais simplement que tu serais contente qu'on parte s'installer à New York…

– Bien sûr que je suis contente, mon chéri. Mais comprends que ce stage me fait voir la vie un peu différemment… C'est tout.

– Comment ça différemment ?

– Ben oui… Pour la première fois je vais exercer un métier qui me plaît, qui me correspond…

– Rien ne t'empêche de le faire aux USA…

– Si. La langue.

– Écoute, Sophie, ne nous énervons pas. Fais ton stage, fais-le bien et on verra…

Le charme est cassé. On a oublié qu'on a si bien fait l'amour, qu'on était si heureux de s'être retrouvés. Pour la première fois, nous n'avons pas le même point de mire. Pour la première fois, je ne regarde pas dans sa direction. J'ai la tête et le cœur dévissés.

Et je ne me revissais point.

Mon stage à *la Tribune* commença. Je découvris les dépêches qu'on épluche, les brouillons qu'on jette, les départs en reportage précipités, les conférences de rédaction où le monde entier est cité, les lumières blafardes, le soir, dans les grandes salles de rédaction. Je ne faisais rien de remarquable (j'étais préposée aux faits divers, au monstre du loch Ness et aux suicides au gaz), mais j'observais. Les journalistes m'apparaissaient divins et infaillibles. Je les écoutais parler, refaire la terre, gommer les révolutions, conseiller Nixon et coter le franc. Ces hommes prestigieux, au savoir universel, qui disaient « tu » à Kissinger et Marlon Brando, m'inspiraient un dévouement illimité. Je vivais un rêve, éveillée et appliquée.

Tous les jours, je demandais au kiosque de la rue du Maupas (la rue de mon immeuble) « *la Tribune*, s'il vous plaît » et j'ouvrais le journal à la page des informations générales, des brèves, des filets, qui ne sont jamais signés. C'était moi. Je les lisais, les relisais, les découpais, les envoyais à maman et Philippe, à Ramona, à tante Gabrielle, je les montrais à Antoine, les récitais à Eduardo et dansais de joie en répétant « journaliste, je suis journaliste, j'écris dans un journal ». Rien qu'à moi toute seule, j'achetais huit numéros de *la Tribune* chaque jour.

Mes horaires avaient changé : je ne traînai plus jamais au soleil de mon balcon ou dans ma baignoire. Levée tôt le matin, je prenais le train pour Genève, passais la journée à apprendre, recommençais trente fois l'intoxication alimentaire des écoliers de Vevey, le vol à la tire de Montreux. Langue tirée, stylo épuisé, j'avais l'enthousiasme d'une élève amoureuse de son prof de français. Rien ne me coûtait. Ni le train le matin tôt, ni les brouillons que je raturais, ni l'insuffisance de mon salaire. Plus de rancœur ou d'ennui désespéré mais le sentiment de faire enfin quelque chose qui m'étirait, qui m'appartenait. J'étais moi. Même si je scribouillais sur des morts hauts fourneaux ou des baleines fantômes. Le soir, je quittais le journal le plus tard possible, prenais le train en pensant au lendemain et retrouvais Antoine, encore tout imprégnée de mon nouveau monde.

Au début, intéressé par mon enthousiasme, fier de mon nouveau métier, il m'écoutait, me félicitait, lisait mes brèves et mes filets, m'encourageait. Puis il trouva que je ne passais plus assez de temps avec lui.

On évitait de parler du départ pour New York, mais il me paraissait de plus en plus évident que je ne lâcherais pas mon rêve pour tous les Boeing du monde…

Je m'endormais, épuisée par mes heures en train, mes ardeurs au journal et mes tentatives pour tout concilier. Je faisais l'amour du bout du corps, pressée que cela finisse, que je puisse m'endormir et être en forme le lendemain.

C'est ainsi que j'appris à faire semblant. Pas un peu au début pour me donner du cœur à l'ouvrage. Complètement : du premier soupir à la crispation finale. Pendant qu'Antoine, ignorant de la pièce en cinq actes qui se déroulait juste en dessous de lui, me lutinait avec raffinement, je pensais rotatives et encre d'imprimerie. Absente. La concierge est dans l'escalier. Veuillez laisser votre petit colis sur le paillasson. Reviens de suite.

Lâchement, j'évitais de lui dire la vérité. Pour tout dire, je ne maîtrisais pas complètement ma vérité. Faire semblant était un moyen idéal de contenter tout le monde. C'est-à-dire Antoine. Et moi, aussi. Car, sitôt son plaisir expulsé, je courais sur le bidet me savonner, lui plantais un baiser sur la bouche et sombrais retrouver mes rotatives. La conscience en paix : il était satisfait. De le voir aussi facilement heureux m'arrachait des vagues de tendresse maternelle et je m'endormais enroulée dans ses bras, même pas tracassée par une libido exigeante. Mon impulsion, mon trop-plein créateur, je le filais à mes baleines et à mes suicidés. Je bandais en rédigeant trois entrefilets, m'éclatais sur le bout de mon Bic mâchouillé, jouissais de voir ma prose imprimée…

Le seul, qui surveillait cette transformation d'un air expert, c'était Eduardo. Souvent, il venait me rejoindre à Genève et nous déjeunions ensemble. Les lèvres muettes, il me laissait parler et semblait satisfait de ma métamorphose. Il faisait glisser les pommes allumettes, me versait un peu de chambertin, s'étonnait que je ne torchonne plus ni mon assiette ni la sienne. Je ne relevais même pas la nuance pédagogue de sa réflexion et continuais à exprimer ma joie de travailler.

Un soir, où je rentrais par le dernier train, Antoine m'attendait, l'œil en argument. Une lettre à la main, une lettre en papyrus.

– Ramona ?

– Je suppose…

Il avait l'air absolument mécontent et toute son attitude pointait mon heure tardive. Je prétextais une faim de géante pour m'attabler devant un pâté en pot et la lettre de ma complice pharaonne. Je lus l'explication de la crampe. Relus. Alors, ce n'est que ça, cette félicité tenailles qui me précipitait sous la véranda de Patrick ? J'avais failli dire oui pour un nœud papillon que je pouvais me confectionner moi-même…

J'oubliais le pâté, l'heure tardive, les sourcils colères d'Antoine, mes faits divers… J'avais l'impression d'être victime d'une escroquerie. La crampe perdait toute magie pour devenir une danse du bassin appliqué. J'étais privée d'un mystère.

Antoine boudait toujours. Je décidais de l'entraîner sur le lit et d'expérimenter, derechef, les dires de Ramona, la saboteuse de frissons. Il se laissa faire, surpris de mon initiative. Je le déshabillai lentement, l'embrassai, lui léchai les lèvres, glissai ma langue dans son cou, sur sa poitrine, sur son sexe et le suçai lentement, doucement. Il gémit, secoua la tête et les mains, refusa un instant le plaisir qui montait puis se laissa aller. Je fus alors saisie d'une frénésie de sexe. Je ne le baisais plus, lui, mais je baisais par amour du cul. En silence, comme une étrangère. Avec application et science. Puisque l'amour était inscrit dans un manuel de gymnastique...

J'avais des envies de sperme jet d'eau, de citée au tableau d'honneur de la meilleure baiseuse. Je me fis experte, avaleuse de sabre et mangeuse d'homme.

Antoine m'empoigna, étonné :

– Maintenant c'est moi qui vais te baiser, petite pute.

Cela m'excita encore plus fort, je m'ouvris des deux mains et le laissai s'enfoncer. Je tournai lentement sur sa queue, fourrant mon sexe dans sa toison, me branlant sur lui, les mains accrochées à ses hanches. Il allait et venait, je continuais mon parcours de combattante obstinée. Lucide et consciencieuse. Je savais que mon étau constrictor le poussait à jouir vite, le broyait d'un plaisir rapide mais je voulais atteindre ma crampe avant.

Il n'y avait plus d'amour entre nous. Nous étions deux ennemis qui se mesurent en baisant. Chacun de son côté, sans penser à l'autre. Tout ce que nous taisions depuis des jours surgissait dans cet affrontement silencieux. Quand, à force de me frotter, j'entendis monter le plaisir, je reconnus celui qui m'avait vissée aux reins de Patrick, au muret de Portofino. Je sus que j'allais jouir en spirale. Écrasée, niée, oubliée dans ma tornade bulldozer. Je criai et fus emportée loin, loin, loin par un plaisir venu du plus profond de moi. Je laissai Antoine poursuivre, triste, oh ! si triste d'avoir vérifié le message de Ramona…

La crampe sans petite musique dans le cœur était si mécanique que la jouissance ne dépassait pas le ventre, n'enchantait pas la tête. Aussi forte, aussi violente, aussi foudroyante qu'avant mais porteuse d'un mode d'emploi qui me laissait amère, désabusée. J'allais jouir avec n'importe quel homme… Je n'aurais plus le sexe gonflé d'attente. J'étais peut-être devenue experte, spécialiste, bonne baiseuse mais j'avais perdu ma magie incantatoire.

Noël. Antoine et moi avons décidé de le célébrer en tête à cœur. Il a décoré un sapin, je cours acheter les derniers paquets cadeaux. Il est cinq heures quand je quitte le journal. Inquiète de partir si tôt, je demande la permission à M. Chardon de me retirer sous mon sapin.

– Dites, commence-t-il grave et inspiré, la main sur son menton mal rasé et le ventre en protubérance, cela va faire trois mois que vous êtes chez nous…

– Oui…

Je déglutis péniblement. Trois mois. La fin de mon essai.

– Vous avez envie de continuer ?

– Oh ! oui…

Et, comme chaque fois que je suis émue, je deviens rouge, balbutiante, incapable de me mettre en valeur. Bête d'avance.

– Bon, je vais réfléchir… Si on vous garde… Et sur quelles bases. Repassez me voir en fin de journée…

C'est quand la fin de journée pour lui ?

Je demande timidement :

– Vers sept heures ?

– Oui, sept-huit heures.

Et Antoine qui attend à la maison. Sept-huit

heures… Je ne prendrai pas le train avant neuf heures et demie, je ne serai pas rentrée avant onze heures ! Le soir de Noël !

Tant pis, c'est trop important pour moi…

Pendant deux heures, je fais des emplettes. Pour me faire pardonner mon retard, je dépense toute ma paie. Je lui achète une ceinture en crocodile, une chemise en Oxford, de l'Eau Sauvage, un stylo Mont-Blanc.

Et je lui téléphone.

– Allô ? Antoine ? C'est Sophie…

– Tu sais quelle heure il est ?

Il est sept heures. C'est écrit sur la grande horloge de la Place.

– Je suis encore à Genève…

Je n'aurais pas dû dire « encore ».

– Encore ! Qu'est-ce que tu fous ?

– Je viens de finir mes courses…

– Tu seras là à quelle heure ?

– Euh… Eh ! bien… Justement… Je dois voir M. Chardon.

– Quoi ? (Il hurle dans le téléphone.) Tu retournes au journal à cette heure-ci ?

– Écoute, Antoine, c'est important. Il doit me parler de mon stage, tu sais, il est bientôt terminé…

– Mais qu'est-ce qu'on en a à foutre de ton stage ! Dans quinze jours, on part pour New York.

Une fois de plus, je prends une déviation :

– D'accord, mon chéri. Mais moi j'ai envie de savoir ce qu'il en pense de mon stage. Écoute… Je rentre le plus vite possible. Je te le promets… Je t'ai acheté plein de cadeaux…

– Je m'en fous de tes cadeaux.

Et il raccroche.

Je reste le combiné en l'air dans une cabine téléphonique, sous la neige de Genève. Je ne peux plus continuer à louvoyer de la sorte. Il faut que je me décide. Antoine est persuadé que je vais partir avec lui ; moi, je n'attends qu'une chose : le verdict de M. Chardon.

Choisir. L'horrible mot. Je suis incapable de me décider entre deux pois chiches. Je les avale tous les deux ou les laisse sur le bord de l'assiette. Mais, là, c'est important. D'un côté, Antoine qui veut m'épouser, me remorquer pour la vie. Appartement sur Central Park et avenir assuré. De l'autre, un métier qui me donne des ailes aux pieds et n'appartient qu'à moi. Un chemin plein de zigzags, de dos d'ânes, d'incertitudes et de grandes joies.

Il est huit heures moins le quart. Je pousse la porte de M. Chardon. Un grand trou dans le ventre.

– Mademoiselle Forza…

Oui, c'est moi, mais dépêchez-vous, je dépéris.

– Mademoiselle Forza, j'ai fait le tour de vos collègues et collègueux… Je vous ai bien observée pendant votre stage, vous n'avez fait que des petits articles, avec un certain mal, il faut le dire, à exprimer votre pensée d'une manière concise et claire…

Il respire. Ça y est. Je suis virée. Je pars avec Antoine.

– De plus, votre formation universitaire ne vous aide guère à saisir l'esprit journalistique. Vous avez les défauts de ceux qui se sont penchés trop longtemps sur des explications de textes… Vous savez où on les met, nous, les diplômés ?

– Non…

Je m'en fous complètement. Je suis définitivement virée. Je retapisse l'appartement de Central Park et donne le sein à Gaylord…

– Eh, bien ! ils sont au service des Sports,

mademoiselle Forza. Parce que c'est tout ce qu'on a pu en faire…

Moi, le service des Sports… Je préfère encore être au service d'Antoine.

C'est bien fait pour moi. À force de vouloir tout préserver j'ai échoué dans ma tentative de vol libre. J'ai déplié mes ailes avec tant de parcimonie que j'ai vrillé en plongeon dans le vide.

Je suis prête à filer tous ses cadeaux à Antoine pour qu'il me garde avec lui, pour toujours. J'ai rêvé. C'était un beau rêve mon rêve d'enfant…

– Vous savez comment on devient journaliste mademoiselle Forza ?

Oh ! il commence à m'énerver celui-là…

– Non…

Et je n'ai aucune envie de le savoir. Je suis trop triste, trop déboutée de mon vieux rêve pour avoir envie d'apprendre quoi que ce soit. Qu'on m'apporte ma véranda…

– Vous ne savez pas ! Eh bien ! moi, je vais vous apprendre. Je vous donne une chance, en vous engageant à *la Tribune*, et je me charge, personnellement, de vous enseigner l'art d'écrire et de raconter. Je vais vous débarrasser de vos longueurs universitaires, de vos tournures bien élevées… Allez passer Noël en famille et revenez-moi, début janvier, compris ?

Si j'avais un magnétophone je me repasserais indéfiniment ce dernier paragraphe…

Je balbutie un oui larvaire, lui fais trois révérences coucher du Roi Soleil, oublie mes cadeaux sur la chaise, reviens, remercie encore, ressors, heurte la porte, m'excuse, cherche une cloison pour m'appuyer, réalise, déglutis, enfourche un cumulo-nimbus qui passait par là et lui murmure « à la gare ».

Dans le train pour Lausanne, je suis Super-Woman. Le plexus délacé, je marmonne d'une joie de vieille mémé gâteuse, à qui ses petits-enfants rendent visite… J'ai des gants de boxe au bout des doigts, l'écran Paramount dans la tête. J'ai trouvé ma voie et suis prête à affronter Antoine.

J'ai le cœur qui tombe en panne, en introduisant la clé dans la serrure. Antoine lit, au pied du sapin illuminé. Je pose mes cadeaux et décide, un, deux, trois, nous irons aux bois, d'être enjouée… Mes gants de boxe se sont recroquevillés en ridicules poupées et mes genoux flageolent.

– Antoine, mon chéri…

Il grogne :

– Oui ?

– Tu veux qu'on dîne maintenant ou qu'on attende minuit ?

– J'ai pas faim…

– Bien, on attendra minuit.

Je ne sais même pas ce qu'il y a au menu. J'ai complètement oublié de m'en occuper. J'ai pensé aux cadeaux mais pas à la dinde.

– Antoine ? Tu as acheté quelque chose pour le dîner ?

– Non, pourquoi ? Tu as oublié ?

– Oui…

Ma dernière chance de Noël blanc et doux vient de s'évanouir avec le passage du fantôme sans cabas.

– C'est parfait, siffle-t-il entre ses dents, il nous reste quelques maquereaux en conserve et de la Maïzéna…

Devant tant de mauvaise foi, je perds le contrôle de mes bonnes résolutions :

– Écoute, Antoine, tu aurais pu y penser autant que moi. Pourquoi est-ce moi qui dois acheter dinde et papillotes ? Tu savais bien que je travaillais aujourd'hui…

– Parce que c'est à toi de t'en occuper. Moi, je monte le sapin ; toi, tu achètes la bûche de Noël…

– Et mes horaires de travail ? Tu y penses quelquefois ?

– Je n'entends parler que de ça. De ton travail, de ton stage, de M. Chardon, de tes brèves, de tes filets… J'en ai marre. À quoi ça rime ? Tu sais bien : on part dans quinze jours et tu continues à faire le clown dans un journal, pauvre conne !

Là, c'est trop. Devant cette insulte imméritée, mes gants de boxe se regonflent et je lâche :

– Non, je ne pars pas…

– Comment ça tu ne pars pas ?

– Non. Je reste ici. Au journal. M. Chardon vient de m'annoncer qu'il m'engageait. Je reste.

– Tu veux dire que tu ne pars pas avec moi ? Que tu me quittes ?

– Oui.

– Mais Sophie, tu réalises ?

– Oui.

Je réalise que, si j'avais été plus courageuse, je lui aurais parlé depuis longtemps.

Antoine me regarde, feu rouge de colère. Il enfile sa veste et sort, en claquant la porte.

Il vaut mieux qu'il aille réaliser tout seul ce que je viens de dire. Je suis rompue. En brindilles. Le sapin a l'air complètement idiot. Je me fais couler un bain.

Dans l'eau, je me recroqueville comme un vieux fœtus. J'ai envie de ne plus résister. Tous les mots définitifs qu'il va falloir prononcer, cette nuit, me font peur. Ce serait si simple de dire : « Pardon, j'étais en colère, je t'ai fait mal » et de renoncer. Mais l'odeur des vieux couloirs à ramages verts, le ventre hors bretelles de M. Chardon, l'avenir qu'il vient de me proposer me rappellent à l'ordre. Si je renonce, je suis morte dans ma tête.

Il est très tard lorsqu'Antoine rentre. Presque deux heures. Je suis couchée en boule de nerfs. Je me jette dans ses bras.

– Antoine…

– Sophie, dis-moi que ce n'est pas vrai, que tu pars avec moi… Toute ma vie, je l'ai imaginée avec toi…

– Antoine, ce n'est pas toi que je ne veux pas suivre mais la vie que tu me proposes…

– Mais qu'est-ce qu'elle a qui ne va pas, cette vie ?

– Je n'ai rien à y faire.

– Mais si. Gaylord et Caroline, c'est toi.

– Non, ce n'est pas moi. Moi, je veux faire des choses pour moi toute seule, tu comprends. Je ne veux pas exister à travers mon mari, mes enfants. J'ai vingt et un ans, Antoine… Pour le moment, devenir moi, c'est rester à *la Tribune*.

Je choisis mes mots avec tact pour ne pas le blesser.

– Mais pourquoi n'essaies-tu pas de travailler aux États-Unis ?

– Parce que je te l'ai déjà dit, ce n'est pas possible à cause de la langue. J'ai déjà du mal à faire des brèves en français, alors, en anglais, tu imagines !

Nous voilà revenus au point de départ. Je voudrais lui expliquer ce qu'il y a dans ma tête, mais tout est encore confus. La seule chose que je sais, c'est que je ne veux pas partir.

– Mais je ne comprends pas, reprend Antoine, tu as

toujours été toi. Tu as eu autant d'amants que tu voulais, tu as voyagé, tu fais des études, tu travailles…

– Oui, mais tout cela, je ne l'ai pas choisi. J'ai eu des amants sans trop savoir pourquoi. Je fais des études parce que maman me l'ordonne. Je pars en voyage quand on m'emmène et je porte des kilts écossais parce que c'est la mode… Mais je ne décide rien de tout ça. Ça arrive. Un mec me trouve jolie, me fait comprendre qu'il aimerait bien dormir avec moi, j'accepte mi-curieuse, mi-flattée, je suis reçue à un examen, je remercie la Chance, je te rencontre, je te trouve beau, différent, je te suis. Je suis toujours accrochée à quelqu'un. Mal dans ma peau. Pourquoi crois-tu que je te fais des scènes Nescafé, que je suffoque la nuit ? Parce que ça ne va pas du tout, au fond. Même si je sauve les apparences, comme on me l'a si bien appris…

Je jette tout en désordre. Passé, présent. Existence en liquidation, tout doit partir. Dans une telle incohérence Antoine ne retient qu'une chose : je suis très malheureuse mais pas à cause de lui.

Ce qu'il faudrait que je lui dise, et dont je me sens incapable, c'est qu'il fait partie, lui aussi, de ce passé frustrateur, paralysant. Que tant qu'il sera là, je n'avancerai pas. Parce qu'il ne changera pas, qu'il aura toujours envie de me garder sous sa véranda. Je ne veux pas de Gaylord, pas de Caroline, pas d'appartement à encaustiquer, de bouquets à dresser. Je ne veux plus d'images.

Mais c'est dur de lutter contre la tendresse.

Nous sommes, tous les deux, fatigués, interloqués. Moi, d'avoir eu le courage de dire « je reste » ; lui, de se retrouver tout seul à bord du Boeing.

Il me prend dans ses bras, m'embrasse. On ne pense même pas à baiser. Ni à ouvrir les cadeaux ou les boîtes de maquereaux. On s'endort tous les deux enlacés, sanglotants. Antoine me murmure dans l'oreille :

– Un jour, je viendrai te chercher… Je t'emmènerai avec moi. Ce jour-là, tu seras à moi pour toujours…

Je souris, attendrie mais je sais que ce n'est pas vrai. On aura trop changé tous les deux.

Le lendemain, je me réveille, étrangère à côté d'un étranger.

Nous sommes toujours Antoine et Sophie, mais n'avons plus rien de commun avec les personnages anciens.

Le réveil est lent et triste. Tous les mauvais souvenirs reviennent cogner dans nos mémoires et nous n'osons pas nous regarder. Nous faisons semblant de dormir pour gagner du temps. Nous nous réfugions dans la tiédeur du sommeil. Bien au chaud, en sécurité. Ramassés sous les couvertures, tassés sur notre malaise. Puis, il lance un bras, m'attire à lui, m'installe sur sa poitrine. Il est chaud et bon et doux. Je le respire, coule mon doigt dans les poils de son torse. Pense à Gaylord. Notre bébé que nous ne ferons jamais. Il aurait eu le rire écumant de son père et m'aurait aimée avec la même ferveur. J'ai envie de renoncer. L'image de Gaylord qui trottine me rend toute molle.

Antoine me litanie dans l'oreille :

– Sophie, Sophie, je t'aime, je t'aime…

Je vacille, je n'ai plus envie de rotatives.

– Tu veux un café ?

N'importe quoi pour rompre le charme.

– Oui, avec plein de crème.

Il s'étire et me sourit en disant « pleine de crème »… Il sait qu'il m'attendrit avec ses mines gourmandes. Il faut que je sois vigilante, que je dresse mes antennes, que j'évite les forget-me-not.

Je lui aromatise un café de Colombie, l'arrose de crème fraîche et lui apporte ses cadeaux sur le plateau. Je me souviens avec quelle fébrilité et mauvaise conscience je les ai achetés la veille. La veille, il y a si longtemps… J'ai tellement changé en douze heures ?

Antoine lance des cris de joie à la vue du stylo, s'arrose d'Eau Sauvage, se ceinture de crocodile. Rassuré : si je lui ai acheté tout ça, c'est que je l'aime.

À son tour, il se lève et va me chercher mes cadeaux. Je tire sur les ficelles dorées, sur les paquets enchantés avec autant d'excitation : un pull en cachemire rouge, un long fume-cigarette de star muette, les œuvres complètes d'Éluard et une casquette de joueur de base-ball.

Je le reconnais dans cet inventaire patient de mes petites joies. Il n'a pas coincé un après-midi de courses pour me faire plaisir, il a flâné plusieurs jours devant les vitrines en pensant à moi. J'ai mal. Je comprends quel amour je sacrifie au profit de mes bonnes œuvres, et je craque, je pleure dans ses bras, je sanglote dans son cou, je me mouche dans ses doigts.

Il ne dit rien. Me berce en silence. Me murmure « là… là… » en me tapotant le crâne. « Ton crâne plat et droit. »

Mais c'est ma dernière manifestation de lâcheté sentimentale. Je me reprends, renifle mon chagrin, décide d'être ferme.

– Sophie, regarde dans quel état tu te mets… Mon bébé, mon amour. Restons ensemble…

– Non… Je ne partirai pas…

Il invente des arguments nouveaux, câline mes cheveux et je redis non, non, non. Moi, qui ai mis tant de temps à pouvoir articuler cette négation, je m'en saoule.

Et pourtant, je ne peux pas m'arracher à ses bras, je l'embrasse, je le laisse me caresser.

On passe la journée au lit. À manger nos maquereaux, à disséquer notre mal d'amour. La vie est mal faite : on s'est rencontrés trop tôt, je t'aimerai toujours, je ne t'oublierai jamais.

Le soir, nous nous habillons pour aller dîner. Deux convalescents tremblants. J'ai tendance à parler au passé. Antoine emploie un futur salvateur et prometteur de réconciliations. Nous avons adopté une version tacite de notre séparation : il va à New York pour raisons lucratives et familiales, je reste à Genève pour épanouissement personnel. Mais nous nous aimons toujours et bientôt nous nous marierons. Ce doux mensonge, s'il ne nous trompe pas et ne nous rend pas exubérants, nous empêche de sombrer dans le lugubre du mot FIN.

Je n'ai pas d'autre homme dans ma vie, il n'a pas envie d'une autre dame. Nous souffrons d'une incompatibilité de croissance.

Ce compromis nous rassure, minimise ma déclaration d'indépendance et adoucit sa blessure.

Nous passons notre dernière semaine recroquevillés sur nous. Penchés sur le visage de l'autre, sur une image de nous qui n'existera plus. Je déchire mes belles images, mes faux bonheurs. Je ne veux plus être dépassée par ce qui m'arrive, submergée par mes inquiétudes. J'ai décidé de mettre de l'ordre dans mon intérieur : Moi d'abord. De laisser vagabonder mes petites électrodes au fil des découvertes. J'attends, sereine et tourmentée. Je suis heureuse, car je suis sûre de ne pas me tromper. J'ai peur de ne plus jamais pouvoir retourner sous une véranda… La vie est compliquée mais je me ferai compliquée pour la comprendre. Sinueuse ? Je me collerai à mes fantasmes pour en extraire la part de moi qui me fera entrer dans la réalité. Ma réalité. Jusqu'au bout. Dans un dérèglement de toutes les conventions. Je ne veux plus être heureuse à la façon des magazines et des manuels d'éducation. J'ai essayé, je n'y arrive pas. J'ai tout mis bien droit, comme on me l'a appris et ça ne tient pas. Je suis en équilibre sur des morceaux qui se tirent à toute allure, je veux les récupérer pour me recoller, moi. Je veux aller plus loin, très loin, pour me dire « Bonjour » et, enfin, me reconnaître.

Eduardo a déclenché mon vagabondage. Il a été l'initiateur magique, m'a révélé un monde que je ne soupçonnais pas : moi. J'ai envie de poursuivre, seule, le voyage au fond de ma liberté.

Seule : sans père, sans mère, sans amant tutélaire.

J'accompagnai Antoine à son super-Boeing.

Il me laissait la voiture, mon émeraude de fiancée, un long baiser devant la porte d'embarquement. Et des larmes plein les yeux.

Nous nous étions aimés très fort. Nous savions que ce temps-là ne reviendrait plus. Que je n'aimerais plus personne avec autant de foi aveugle.

Quelques jours plus tard, la concierge m'apporta un paquet. C'était l'assentiment de Ramona et Séthi Ier à ma nouvelle vie : BE YOU.

DU MÊME AUTEUR

La Barbare
Seuil, 1981
et « Points », n° P115

Scarlett, si possible
Seuil, 1985
et « Points », n° P378

Les hommes cruels
ne courent pas les rues
Seuil, 1990
« Points », n° P364
et Point Deux, 2011

Vu de l'extérieur
Seuil, 1993
et « Points », n° P53

Une si belle image
Seuil, 1994
et « Points », n° P156

Encore une danse
Fayard, 1998
et « Le Livre de poche », n° 14671

J'étais là avant
Albin Michel, 1999
et « Le Livre de poche », n° 15022

Et monter lentement
dans un immense amour
Albin Michel, 2001
et « Le Livre de poche », n° 15424

Un homme à distance
Albin Michel, 2002
et « Le Livre de poche », n° 30010

Embrassez-moi
Albin Michel, 2003
et « Le Livre de poche », n° 30408

Les Yeux jaunes des crocodiles
Albin Michel, 2006
et « Le Livre de poche », n° 30814

La Valse lente des tortues
Albin Michel, 2008
et « Le Livre de poche », n° 31453

Les écureuils de Central Park sont tristes le lundi
Albin Michel, 2010
et « Le Livre de poche », n° 32281

Muchachas
Albin Michel, 2014

COMPOSITION : PAO ÉDITIONS DU SEUIL
IMPRESSION : CPI BRODARD ET TAUPIN À LA FLÈCHE
DÉPÔT LÉGAL : MAI 2012. N° 108257-7. (3010018)
IMPRIMÉ EN FRANCE

Éditions Points

DERNIERS TITRES PARUS

P2963. La Mort muette, *Volker Kutscher*
P2964. Je trouverai ce que tu aimes, *Louise Doughty*
P2965. Les Sopranos, *Alan Warner*
P2966. Les Étoiles dans le ciel radieux, *Alan Warner*
P2967. Méfiez-vous des enfants sages, *Cécile Coulon*
P2968. Cheese Monkeys, *Chip Kidd*
P2969. Pommes, *Richard Milward*
P2970. Paris à vue d'œil, *Henri Cartier-Bresson*
P2971. Bienvenue en Transylvanie, *Collectif*
P2972. Super triste histoire d'amour, *Gary Shteyngart*
P2973. Les Mots les plus méchants de l'Histoire
Bernadette de Castelbajac
P2474. La femme qui résiste, *Anne Lauvergeon*
P2975. Le Monarque, son fils, son fief, *Marie-Célie Guillaume*
P2976. Écrire est une enfance, *Philippe Delerm*
P2977. Le Dernier Français, *Abd Al Malik*
P2978. Il faudrait s'arracher le cœur, *Dominique Fabre*
P2979. Dans la grande nuit des temps, *Antonio Muñoz Molina*
P2980. L'Expédition polaire à bicyclette
suivi de La Vie sportive aux États-Unis, *Robert Benchley*
P2981. L'Art de la vie. Karitas, Livre II
Kristín Marja Baldursdóttir
P2982. Parlez-moi d'amour, *Raymond Carver*
P2983. Tais-toi, je t'en prie, *Raymond Carver*
P2984. Débutants, *Raymond Carver*
P2985. Calligraphie des rêves, *Juan Marsé*
P2986. Juste être un homme, *Craig Davidson*
P2987. Les Strauss-Kahn, *Raphaëlle Bacqué, Ariane Chemin*
P2988. Derniers Poèmes, *Friedrich Hölderlin*
P2989. Partie de neige, *Paul Celan*
P2990. Mes conversations avec les tueurs, *Stéphane Bourgoin*
P2991. Double meurtre à Borodi Lane, *Jonathan Kellerman*

P2992. Poussière tu seras, *Sam Millar*
P2993. Jours de tremblement, *François Emmanuel*
P2994. Bataille de chats. Madrid 1936, *Eduardo Mendoza*
P2995. L'Ombre de moi-même, *Aimee Bender*
P2996. Il faut rentrer maintenant…
Eddy Mitchell (avec Didier Varrod)
P2997. Je me suis bien amusé, merci !, *Stéphane Guillon*
P2998. Le Manifeste Chap. Savoir-vivre révolutionnaire pour gentleman moderne, *Gustav Temple, Vic Darkwood*
P2999. Comment j'ai vidé la maison de mes parents, *Lydia Flem*
P3000. Lettres d'amour en héritage, *Lydia Flem*
P3001. Enfant de fer, *Mo Yan*
P3002. Le Chapelet de jade, *Boris Akounine*
P3003. Pour l'amour de Rio, *Jean-Paul Delfino*
P3004. Les Traîtres, *Giancarlo de Cataldo*
P3005. Docteur Pasavento, *Enrique Vila-Matas*
P3006. Mon nom est légion, *António Lobo Antunes*
P3007. Printemps, *Mons Kallentoft*
P3008. La Voie de Bro, *Vladimir Sorokine*
P3009. Une collection très particulière, *Bernard Quiriny*
P3010. Rue des petites daurades, *Fellag*
P3011. L'Œil du léopard, *Henning Mankell*
P3012. Les mères juives ne meurent jamais, *Natalie David-Weill*
P3013. L'Argent de l'État. Un député mène l'enquête
René Dosière
P3014. Kill kill faster faster, *Joel Rose*
P3015. La Peau de l'autre, *David Carkeet*
P3016. La Reine des Cipayes, *Catherine Clément*
P3017. Job, roman d'un homme simple, *Joseph Roth*
P3018. Espèce de savon à culotte ! et autres injures d'antan
Catherine Guennec
P3019. Les mots que j'aime et quelques autres…
Jean-Michel Ribes
P3020. Le Cercle Octobre, *Robert Littell*
P3021. Les Lunes de Jupiter, *Alice Munro*
P3022. Journal (1973-1982), *Joyce Carol Oates*
P3023. Le Musée du Dr Moses, *Joyce Carol Oates*
P3024. Avant la dernière ligne droite, *Patrice Franceschi*
P3025. Boréal, *Paul-Émile Victor*
P3026. Dernières nouvelles du Sud
Luis Sepúlveda, Daniel Mordzinski
P3027. L'Aventure, pour quoi faire ?, *collectif*
P3028. La Muraille de lave, *Arnaldur Indridason*
P3029. L'Invisible, *Robert Pobi*
P3030. L'Attente de l'aube, *William Boyd*
P3031. Le Mur, le Kabyle et le marin, *Antonin Varenne*

P3032. Emily, *Stewart O'Nan*
P3033. Les oranges ne sont pas les seuls fruits
Jeanette Winterson
P3034. Le Sexe des cerises, *Jeanette Winterson*
P3035. À la trace, *Deon Meyer*
P3036. Comment devenir écrivain quand on vient
de la grande plouquerie internationale, *Caryl Férey*
P3037. Doña Isabel (ou la véridique et très mystérieuse histoire
d'une Créole perdue dans la forêt des Amazones)
Christel Mouchard
P3038. Psychose, *Robert Bloch*
P3039. Équatoria, *Patrick Deville*
P3040. Moi, la fille qui plongeait dans le cœur du monde
Sabina Berman
P3041. L'Abandon, *Peter Rock*
P3042. Allmen et le diamant rose, *Martin Suter*
P3043. Sur le fil du rasoir, *Oliver Harris*
P3044. Que vont devenir les grenouilles ?, *Lorrie Moore*
P3045. Quelque chose en nous de Michel Berger
Yves Bigot
P3046. Elizabeth II. Dans l'intimité du règne, *Isabelle Rivère*
P3047. Confession d'un tueur à gages, *Ma Xiaoquan*
P3048. La Chute. Le mystère Léviathan (tome 1), *Lionel Davoust*
P3049. Tout seul. Souvenirs, *Raymond Domenech*
P3050. L'homme naît grâce au cri, *Claude Vigée*
P3051. L'Empreinte des morts, *C.J. Box*
P3052. Qui a tué l'ayatollah Kanuni ?, *Naïri Nahapétian*
P3053. Cyber China, *Qiu Xiaolong*
P3054. Chamamé, *Leonardo Oyola*
P3055. Anquetil tout seul, *Paul Fournel*
P3056. Marcus, *Pierre Chazal*
P3057. Les Sœurs Brelan, *François Vallejo*
P3058. L'Espionne de Tanger, *María Dueñas*
P3059. Mick. Sex and rock'n'roll, *Christopher Andersen*
P3060. Ta carrière est fi-nie !, *Zoé Shepard*
P3061. Invitation à un assassinat, *Carmen Posadas*
P3062. L'Envers du miroir, *Jennifer Egan*
P3063. Dictionnaire ouvert jusqu'à 22 heures
Académie Alphonse Allais
P3064. Encore un mot. Billets du Figaro, *Étienne de Montety*
P3065. Frissons d'assises. L'instant où le procès bascule
Stéphane Durand-Souffland
P3066. Y revenir, *Dominique Ané*
P3067. J'ai épousé Johnny à Notre-Dame-de-Sion
Fariba Hachtroudi
P3068. Un concours de circonstances, *Amy Waldman*

P3069. La Pointe du couteau, *Gérard Chaliand*
P3070. Lila, *Robert M. Pirsig*
P3071. Les Amoureux de Sylvia, *Elizabeth Gaskell*
P3072. Cet été-là, *William Trevor*
P3073. Lucy, *William Trevor*
P3074. Diam's. Autobiographie, *Mélanie Georgiades*
P3075. Pourquoi être heureux quand on peut être normal ? *Jeanette Winterson*
P3076. Qu'avons-nous fait de nos rêves ?, *Jennifer Egan*
P3077. Le Terroriste noir, *Tierno Monénembo*
P3078. Féerie générale, *Emmanuelle Pireyre*
P3079. Une partie de chasse, *Agnès Desarthe*
P3080. La Table des autres, *Michael Ondaatje*
P3081. Lame de fond, *Linda Lê*
P3082. Que nos vies aient l'air d'un film parfait, *Carole Fives*
P3083. Skinheads, *John King*
P3084. Le bruit des choses qui tombent, *Juan Gabriel Vásquez*
P3085. Quel trésor !, *Gaspard-Marie Janvier*
P3086. Rêves oubliés, *Léonor de Récondo*
P3087. Le Valet de peinture, *Jean-Daniel Baltassat*
P3088. L'État au régime. Gaspiller moins pour dépenser mieux *René Dosière*
P3089. Refondons l'école. Pour l'avenir de nos enfants *Vincent Peillon*
P3090. Vagabond de la bonne nouvelle, *Guy Gilbert*
P3091. Les Joyaux du paradis, *Donna Leon*
P3092. La Ville des serpents d'eau, *Brigitte Aubert*
P3093. Celle qui devait mourir, *Laura Lippman*
P3094. La Demeure éternelle, *William Gay*
P3095. Adulte ? Jamais. Une anthologie (1941-1953) *Pier Paolo Pasolini*
P3096. Le Livre du désir. Poèmes, *Leonard Cohen*
P3097. Autobiographie des objets, *François Bon*
P3098. L'Inconscience, *Thierry Hesse*
P3099. Les Vitamines du bonheur, *Raymond Carver*
P3100. Les Trois Roses jaunes, *Raymond Carver*
P3101. Le Monde à l'endroit, *Ron Rash*
P3102. Relevé de terre, *José Saramago*
P3103. Le Dernier Lapon, *Olivier Truc*
P3104. Cool, *Don Winslow*
P3105. Les Hauts-Quartiers, *Paul Gadenne*
P3106. Histoires pragoises, *suivi de* Le Testament *Rainer Maria Rilke*
P3107. Œuvres pré-posthumes, *Robert Musil*
P3108. Anti-manuel d'orthographe. Éviter les fautes par la logique, *Pascal Bouchard*

P3109. Génération CV, *Jonathan Curiel*
P3110. Ce jour-là. Au cœur du commando qui a tué Ben Laden
Mark Owen et Kevin Maurer
P3111. Une autobiographie, *Neil Young*
P3112. Conséquences, *Darren William*
P3113. Snuff, *Chuck Palahniuk*
P3114. Une femme avec personne dedans, *Chloé Delaume*
P3115. Meurtre au Comité central, *Manuel Vázquez Montalbán*
P3116. Radeau, *Antoine Choplin*
P3117. Les Patriarches, *Anne Berest*
P3118. La Blonde et le Bunker, *Jakuta Alikavazovic*
P3119. La Contrée immobile, *Tom Drury*
P3120. Peste & Choléra, *Patrick Deville*
P3121. Le Veau *suivi de* Le Coureur de fond, *Mo Yan*
P3122. Quarante et un coups de canon, *Mo Yan*
P3123. Liquidations à la grecque, *Petros Markaris*
P3124. Baltimore, *David Simon*
P3125. Je sais qui tu es, *Yrsa Sigurdardóttir*
P3126. Le Regard du singe
Gérard Chaliand, Patrice Franceschi, Sophie Mousset
P3127. Journal d'un mythomane. Vol. 2 : Une année particulière
Nicolas Bedos
P3128. Autobiographie d'un menteur, *Graham Chapman*
P3129. L'Humour des femmes, *The New Yorker*
P3130. La Reine Alice, *Lydia Flem*
P3131. Vies cruelles, *Lorrie Moore*
P3132. La Fin de l'exil, *Henry Roth*
P3133. Requiem pour Harlem, *Henry Roth*
P3134. Les mots que j'aime, *Philippe Delerm*
P3135. Petit Inventaire des plaisirs belges, *Philippe Genion*
P3136. La faute d'orthographe est ma langue maternelle
Daniel Picouly
P3137. Tombé hors du temps, *David Grossman*
P3138. Petit oiseau du ciel, *Joyce Carol Oates*
P3139. Alcools (illustrations de Ludovic Debeurme)
Guillaume Apollinaire
P3140. Pour une terre possible, *Jean Sénac*
P3141. Le Baiser de Judas, *Anna Grue*
P3142. L'Ange du matin, *Arni Thorarinsson*
P3143. Le Murmure de l'ogre, *Valentin Musso*
P3144. Disparitions, *Natsuo Kirino*
P3145. Le Pont des assassins, *Arturo Pérez-Reverte*
P3146. La Dactylographe de Mr James, *Michiel Heyns*
P3147. Télex de Cuba, *Rachel Kushner*
P3148. Promenades avec les hommes, *Ann Beattie*
P3149. Le Roi Lézard, *Dominique Sylvain*

P3150. Scènes de la vie quotidienne à l'Élysée, *Camille Pascal*
P3151. Je ne t'ai pas vu hier dans Babylone
António Lobo Antunes
P3152. Le Condottière, *Georges Perec*
P3153. La Circassienne, *Guillemette de Sairigné*
P3154. Au pays du cerf blanc, *Chen Zhongshi*
P3155. Juste pour le plaisir, *Mercedes Deambrosis*
P3156. Trop près du bord, *Pascal Garnier*
P3157. Seuls les morts ne rêvent pas.
La Trilogie du Minnesota, vol. 2, *Vidar Sundstøl*
P3158. Le Trouveur de feu, *Henri Gougaud*
P3159. Ce soir, après la guerre, *Viviane Forrester*
P3160. La semaine où Jérôme Kerviel a failli faire sauter le système financier mondial. Journal intime d'un banquier, *Hugues Le Bret*
P3161. La Faille souterraine. Et autres enquêtes
Henning Mankell
P3162. Les deux premières enquêtes cultes de Wallander : Meurtriers sans visage & Les Chiens de Riga
Henning Mankell
P3163. Brunetti et le mauvais augure, *Donna Leon*
P3164. La Cinquième Saison, *Mons Kallentoft*
P3165. Les Nouvelles Enquêtes du Juge Ti : Panique sur la Grande Muraille & Le Mystère du jardin chinois, *Frédéric Lenormand*
P3166. Rouge est le sang, *Sam Millar*
P3167. L'Énigme de Flatey, *Viktor Arnar Ingólfsson*
P3168. Goldstein, *Volker Kutscher*
P3169. Mémoire assassine, *Thomas H. Cook*
P3170. Le Collier de la colombe, *Raja Alem*
P3171. Le Sang des maudits, *Leighton Gage*
P3172. La Maison des absents, *Tana French*
P3173. Le roi n'a pas sommeil, *Cécile Coulon*
P3174. Rentrez chez vous Bogner, *Heinrich Böll*
P3175. La Symphonie des spectres, *John Gardner*
P3176. À l'ombre du mont Nickel, *John Gardner*
P3177. Une femme aimée, *Andreï Makine*
P3178. La Nuit tombée, *Antoine Choplin*
P3179. Richard W., *Vincent Borel*
P3180. Moi, Clea Shine, *Carolyn D. Wall*
P3181. En ville, *Christian Oster*
P3182. Apprendre à prier à l'ère de la technique
Gonçalo M. Tavares
P3183. Vies pøtentielles, *Camille de Toledo*
P3184. De l'amour. *Textes* tendrement *choisis par Elsa Delachair*

P3185. La Rencontre. *Textes* amoureusement *choisis par Elsa Delachair*
P3186. La Vie à deux. *Textes* passionnément *choisis par Elsa Delachair*
P3187. Le Chagrin d'amour. *Textes* rageusement *choisis par Elsa Delachair*
P3188. Le Meilleur des jours, *Yassaman Montazami*
P3189. L'Apiculture selon Samuel Beckett, *Martin Page*
P3190. L'Affaire Cahuzac. En bloc et en détail, *Fabrice Arfi*
P3191. Vous êtes riche sans le savoir *Philippe Colin-Olivier et Laurence Mouillefarine*
P3192. La Mort suspendue, *Joe Simpson*
P3193. Portrait de l'aventurier, *Roger Stéphane*
P3194. La Singulière Tristesse du gâteau au citron, *Aimee Bender*
P3195. La Piste mongole, *Christian Garcin*
P3196. Régime sec, *Dan Fante*
P3197. Bons baisers de la grosse barmaid. Poèmes d'extase et d'alcool, *Dan Fante*
P3198. Karoo, *Steve Tesich*
P3199. Une faiblesse de Carlotta Delmont, *Fanny Chiarello*
P3200. La Guerre des saints, *Michela Murgia*
P3201. DRH, le livre noir, *Jean-François Amadieu*
P3202. L'homme à quel prix ?, *Cardinal Roger Etchegaray*
P3203. Lumières de Pointe-Noire, *Alain Mabanckou*
P3204. Ciel mon moujik ! Et si vous parliez russe sans le savoir ? *Sylvain Tesson*
P3205. Les mots ont un sexe. Pourquoi « marmotte » n'est pas le féminin de « marmot », et autres curiosités de genre, *Marina Yaguello*
P3206. L'Intégrale des haïkus, *Bashō*
P3207. Le Droit de savoir, *Edwy Plenel*
P3208. Jungle Blues, *Roméo Langlois*
P3209. Exercice d'abandon, *Catherine Guillebaud*
P3210. Le Roman de Bergen. 1999 Le crépuscule – tome V *Gunnar Staalesen*
P3211. Le Roman de Bergen. 1999 Le crépuscule – tome VI *Gunnar Staalesen*
P3212. Amie de ma jeunesse, *Alice Munro*
P3213. Le Roman du mariage, *Jeffrey Eugenides*
P3214. Les baleines se baignent nues, *Eric Gethers*
P3215. Shakespeare n'a jamais fait ça, *Charles Bukowski*
P3216. Ces femmes qui ont réveillé la France *Valérie Bochenek, Jean-Louis Debré*
P3217. Poèmes humains, *César Vallejo*
P3218. Mantra, *Rodrigo Fresán*
P3219. Guerre sale, *Dominique Sylvain*

P3220. Arab Jazz, *Karim Miske*
P3221. Du son sur les murs, *Frantz Delplanque*
P3222. 400 coups de ciseaux et autres histoires, *Thierry Jonquet*
P3223. Brèves de noir, *collectif*
P3224. Les Eaux tumultueuses, *Aharon Appelfeld*
P3225. Le Grand Chambard, *Mo Yan*
P3226. L'Envers du monde, *Thomas B. Reverdy*
P3227. Comment je me suis séparée de ma fille et de mon quasi-fils, *Lydia Flem*
P3228. Avant la fin du monde, *Boris Akounine*
P3229. Au fond de ton cœur, *Torsten Pettersson*
P3230. Je vais passer pour un vieux con. Et autres petites phrases qui en disent long, *Philippe Delerm*
P3231. Chienne de langue française ! Répertoire tendrement agacé des bizarreries du français, *Fabian Bouleau*
P3232. 24 jours, *Ruth Halimi et Émilie Frèche*
P3233. Aventures en Guyane. Journal d'un explorateur disparu *Raymond Maufrais*
P3234. Une belle saloperie, *Robert Littell*
P3235. Fin de course, *C.J. Box*
P3236. Corbeaux. La Trilogie du Minnesota, vol. 3 *Vidar Sundstøl*
P3237. Le Temps, le temps, *Martin Suter*
P3238. Nouvelles du New Yorker, *Ann Beattie*
P3239. L'Embellie, *Audur Ava Ólafsdóttir*
P3240. Boy, *Takeshi Kitano*
P3241. L'Enfance des criminels, *Agnès Grossmann*
P3242. Police scientifique : la révolution. Les vrais experts parlent, *Jacques Pradel*
P3243. Femmes serials killers. Pourquoi les femmes tuent ?, *Peter Vronsky*
P3244. L'Histoire interdite. Révélations sur l'Histoire de France, *Franck Ferrand*
P3245. De l'art de mal s'habiller sans le savoir *Marc Beaugé (illustrations de Bob London)*
P3246. Un homme loyal, *Glenn Taylor*
P3247. Rouge de Paris, *Jean-Paul Desprat*
P3248. Parmi les disparus, *Dan Chaon*
P3249. Le Mystérieux Mr Kidder, *Joyce Carol Oates*
P3250. Poèmes de poilus. Anthologie de poèmes français, anglais, allemands, italiens, russes (1914-1918)
P3251. Étranges Rivages, *Arnaldur Indridason*
P3252. La Grâce des brigands, *Véronique Ovaldé*
P3253. Un passé en noir et blanc, *Michiel Heyns*
P3254. Anagrammes, *Lorrie Moore*
P3255. Les Joueurs, *Stewart O'Nan*

P3256. Embrouille en Provence, *Peter Mayle*
P3257. Parce que tu me plais, *Fabien Prade*
P3258. L'Impossible Miss Ella, *Toni Jordan*
P3259. La Politique du tumulte, *François Médéline*
P3260. La Douceur de la vie, *Paulus Hochgatterer*
P3261. Niceville, *Carsten Stroud*
P3262. Les Jours de l'arc-en-ciel, *Antonio Skarmeta*
P3263. Chronic City, *Jonathan Lethem*
P3264. À moi seul bien des personnages, *John Irving*
P3265. Galaxie foot. Dictionnaire rock, historique et politique du football, *Hubert Artus*
P3266. Patients, *Grand Corps Malade*
P3267. Les Tricheurs, *Jonathan Kellerman*
P3268. Dernier refrain à Ispahan, *Naïri Nahapétian*
P3269. Jamais vue, *Alafair Burke*
P3270. Homeland. La traque, *Andrew Kaplan*
P3271. Les Mots croisés du journal « Le Monde ». 80 grilles *Philippe Dupuis*
P3272. Comment j'ai appris à lire, *Agnès Desarthe*
P3273. La Grande Embrouille, *Eduardo Mendoza*
P3274. Sauf miracle, bien sûr, *Thierry Bizot*
P3275. L'Excellence de nos aînés, *Ivy Compton-Burnett*
P3276. Le Docteur Thorne, *Anthony Trolloppe*
P3277. Le Colonel des Zouaves, *Olivier Cadiot*
P3278. Un privé à Tanger, *Emmanuel Hocquard*
P3279. Kind of blue, *Miles Corwin*
P3280. La fille qui avait de la neige dans les cheveux *Ninni Schulman*
P3281. L'Archipel du Goulag, *Alexandre Soljénitsyne*
P3282. Moi, Giuseppina Verdi, *Karine Micard*
P3283. Les oies sauvages meurent à Mexico, *Patrick Mahé*
P3284. Le Pont invisible, *Julie Orringer*
P3285. Brèves de copies de bac
P3286. Trop de bonheur, *Alice Munro*
P3287. La Parade des anges, *Jennifer Egan*
P3288. Et mes secrets aussi, *Line Renaud*
P3289. La Lettre perdue, *Martin Hirsch*
P3290. Mes vies d'aventures. L'homme de la mer Rouge *Henry de Monfreid*
P3291. Cruelle est la terre des frontières. Rencontre insolite en Extrême-Orient, *Michel Jan*
P3292. Madame George, *Noëlle Châtelet*
P3293. Contrecoup, *Rachel Cusk*
P3294. L'Homme de Verdigi, *Patrice Franceschi*
P3295. Sept pépins de grenade, *Jane Bradley*
P3296. À qui se fier ?, *Peter Spiegelman*

P3297. Dernière conversation avec Lola Faye, *Thomas H. Cook*
P3298. Écoute-moi, Amirbar, *Àlvaro Mutis*
P3299. Fin de cycle. Autopsie d'un système corrompu *Pierre Ballester*
P3300. Canada, *Richard Ford*
P3301. Sulak, *Philippe Jaenada*
P3302. Le Garçon incassable, *Florence Seyvos*
P3303. Une enfance de Jésus, *J.M. Coetzee*
P3304. Berceuse, *Chuck Palahniuk*
P3305. L'Homme des hautes solitudes, *James Salter*
P3307. Le Pacte des vierges, *Vanessa Schneider*
P3308. Le Livre de Jonas, *Dan Chaon*
P3309. Guillaume et Nathalie, *Yanick Lahens*
P3310. Bacchus et moi, *Jay McInerney*
P3311. Plus haut que mes rêves, *Nicolas Hulot*
P3312. Cela devient cher d'être pauvre, *Martin Hirsch*
P3313. Sarkozy-Kadhafi. Histoire secrète d'une trahison *Catherine Graciet*
P3314. Le monde comme il me parle, *Olivier de Kersauson*
P3315. Techno Bobo, *Dominique Sylvain*
P3316. Première station avant l'abattoir, *Romain Slocombe*
P3317. Bien mal acquis, *Yrsa Sigurdardottir*
P3318. J'ai voulu oublier ce jour, *Laura Lippman*
P3319. La Fin du vandalisme, *Tom Drury*
P3320. Des femmes disparaissent, *Christian Garcin*
P3321. La Lucarne, *José Saramago*
P3322. Chansons. L'intégrale 1 (1967-1980), *Lou Reed*
P3323. Chansons. L'intégrale 2 (1982-2000), *Lou Reed*
P3324. Le Dictionnaire de Lemprière, *Lawrence Norfolk*
P3325. Le Divan de Staline, *Jean-Daniel Baltassat*
P3326. La Confrérie des moines volants, *Metin Arditi*
P3327. L'Échange des princesses, *Chantal Thomas*
P3328. Le Dernier Arbre, *Tim Gautreaux*
P3329. Le Cœur par effraction, *James Meek*
P3330. Le Justicier d'Athènes, *Petros Markaris*
P3331. La Solitude du manager, *Manuel Vázquez Montalbán*
P3332. Scènes de la vie d'acteur, *Denis Podalydès*
P3333. La vérité sort souvent de la bouche des enfants *Geneviève de la Bretesche*
P3334. Crazy Cock, *Henry Miller*
P3335. Soifs, *Marie-Claire Blais*
P3336. L'Œuvre de Dieu, la part du Diable, *John Irving*
P3337. Des voleurs comme nous, *Edward Anderson*
P3338. Nu dans le jardin d'Éden, *Harry Crews*
P3339. Une vérité si délicate, *John le Carré*
P3340. Le Corps humain, *Paolo Giordano*

P3341. Les Saisons de Louveplaine, *Cloé Korman*
P3342. Sept femmes, *Lydie Salvayre*
P3343. Les Remèdes du docteur Irabu, *Hideo Okuda*
P3344. Le Dernier Seigneur de Marsad, *Charif Majdalani*
P3345. Primo, *Maryline Desbiolles*
P3346. La plus belle histoire des femmes
Françoise Héritier, Michelle Perrot, Sylviane Agacinski, Nicole Bacharan
P3347. Le Bidule de Dieu. Une histoire du pénis
Tom Hickman
P3348. Le Grand Café des brèves de comptoir
Jean-Marie Gourio
P3349. 7 jours, *Deon Meyer*
P3350. Homme sans chien, *Håkan Nesser*
P3351. Dernier verre à Manhattan, *Don Winslow*
P3352. Mudwoman, *Joyce Carol Oates*
P3353. Panique, *Lydia Flem*
P3354. Mémoire de ma mémoire, *Gérard Chaliand*
P3355. Le Tango de la Vieille Garde, *Arturo Pérez-Reverte*
P3356. Blitz, et autres histoires, *Esther Kreitman*
P3357. Un paradis trompeur, *Henning Mankell*
P3358. Aventurier des glaces, *Nicolas Dubreuil*
P3359. Made in Germany. Le modèle allemand au-delà des mythes, *Guillaume Duval*
P3360. Taxi Driver, *Richard Elman*
P3361. Le Voyage de G. Mastorna, *Federico Fellini*
P3362. 5e avenue, 5 heures du matin, *Sam Wasson*
P3363. Manhattan Folk Story, *Dave Van Ronk, Elijah Wald*
P3364. Sorti de rien, *Irène Frain*
P3365. Idiopathie. Un roman d'amour, de narcissisme et de vaches en souffrance, *Sam Byers*
P3366. Le Bois du rossignol, *Stella Gibbons*
P3367. Les Femmes de ses fils, *Joanna Trollope*
P3368. Bruce, *Peter Ames Carlin*
P3369. Oxymore, mon amour ! Dictionnaire inattendu de la langue française, *Jean-Loup Chiflet*
P3371. Coquelicot, et autres mots que j'aime, *Anne Sylvestre*
P3372. Les Proverbes de nos grands-mères, *Daniel Lacotte (illustrations de Virginie Berthemet)*
P3373. La Tête ailleurs, *Nicolas Bedos*
P3374. Mon parrain de Brooklyn, *Hesh Kestin*
P3375. Le Livre rouge de Jack l'éventreur, *Stéphane Bourgoin*
P3376. Disparition d'une femme. L'affaire Viguier
Stéphane Durand-Souffland
P3377. Affaire Dils-Heaulme. La contre-enquête
Emmanuel Charlot, avec Vincent Rothenburger

P3378. Faire la paix avec soi. 365 méditations quotidiennes *Etty Hillesum*
P3379. L'amour sauvera le monde, *Michael Lonsdale*
P3380. Le Jardinier de Tibhirine *Jean-Marie Lassausse, avec Christophe Henning*
P3381. Petite philosophie des mandalas. Méditation sur la beauté du monde, *Fabrice Midal*
P3382. Le bonheur est en vous, *Marcelle Auclair*
P3383. Divine Blessure. Faut-il guérir de tout ? *Jacqueline Kelen*
P3384. La Persécution. Un anthologie (1954-1970) *Pier Paolo Pasolini*
P3385. Dans le sillage du météore désinvolte. Lettres de guerre (1914-1919), *Jacques Vaché*
P3386. Les Immortelles, *Makenzy Orcel*
P3387. La Cravate, *Milena Michiko Flašar*
P3388. Le Livre du roi, *Arnaldur Indridason*
P3389. Piégés dans le Yellowstone, *C.J. Box*
P3390. On the Brinks, *Sam Millar*
P3391. Qu'est-ce que vous voulez voir ?, *Raymond Carver*
P3392. La Confiture d'abricots. Et autres récits *Alexandre Soljénitsyne*
P3393. La Condition numérique *Bruno Patino, Jean-François Fogel*
P3394. Le Sourire de Mandela, *John Carlin*
P3395. Au pied du mur, *Elisabeth Sanxay Holding*
P3396. Nous cheminons entourés de fantômes aux fronts troués *Jean-François Vilar*
P3397. Fun Home, *Alison Bechdel*
P3398. L'homme qui aimait les chiens, *Leonardo Padura*
P3399. Deux veuves pour un testament, *Donna Leon*
P4000. Sans faille, *Valentin Musso*
P4001. Dexter fait son cinéma, *Jeff Lindsay*
P4002. Incision, *Marc Raabe*
P4003. Mon ami Dahmer, *Derf Backderf*
P4004. Terminus Belz, *Emmanuel Grand*
P4005. Les Anges aquatiques, *Mons Kallentoft*
P4006. Strad, *Dominique Sylvain*
P4007. Les Chiens de Belfast, *Sam Millar*
P4008. Marée d'équinoxe, *Cilla et Rolf Börjlind*
P4009. L'Étrange Destin de Katherine Carr, *Thomas H. Cook*
P4010. Les Secrets de Bent Road, *Lori Roy*
P4011. Journal d'une fille de Harlem, *Julius Horwitz*
P4012. Pietra viva, *Léonor de Récondo*
P4013. L'Égaré de Lisbonne, *Bruno d'Halluin*
P4014. Le Héron de Guernica, *Antoine Choplin*

P4015. Les Vies parallèles de Greta Wells, *Andrew Sean Greer*
P4016. Tant que battra mon cœur, *Charles Aznavour*
P4017. J'ai osé Dieu, *Michel Delpech*
P4018. La Ballade de Rikers Island, *Régis Jauffret*
P4019. Le Pays du lieutenant Schreiber, *Andreï Makine*
P4020. Infidèles, *Abdellah Taïa*
P4021. Les Fidélités, *Diane Brasseur*
P4022. Le Défilé des vanités, *Cécile Sepulchre*
P4023. Tomates, *Nathalie Quintane*
P4024. Songes de Mevlido, *Antoine Volodine*
P4025. Une terre d'ombre, *Ron Rash*
P4026. Bison, *Patrick Grainville*
P4027. Dire non, *Edwy Plenel*
P4028. Le Jardin de l'aveugle, *Nadeem Aslam*
P4029. Chers voisins, *John Lanchester*
P4030. Le Piéton de Hollywood, *Will Self*
P4031. Dictionnaire d'anti-citations. Pour vivre très con et très heureux, *Franz-Olivier Giesbert*
P4032. 99 Mots et Expressions à foutre à la poubelle *Jean-Loup Chiflet*
P4033. Jésus, un regard d'amour, *Guy Gilbert*
P4034. Anna et mister God, *Fynn*
P4035. Le Point de rupture, *Marie Lise Labonté*
P4036. La Maison des feuilles, *Mark Z. Danielewski*
P4038. Le Mal napoléonien, *Lionel Jospin*
P4039. Trois vies de saints, *Eduardo Mendoza*
P4040. Le Bruit de tes pas, *Valentina D'Urbano*
P4041. Clipperton. L'atoll du bout du monde *Jean-Louis Étienne*
P4042. Banquise, *Paul-Émile Victor*
P4043. La Lettre à Helga, *Bergsveinn Birgisson*
P4044. La Passion, *Jeanette Winterson*
P4045. L'Eau à la bouche, *José Manuel Fajardo*
P4046. Première Personne du singulier, *Patrice Franceschi*
P4047. Ma mauvaise réputation, *Mourad Boudjellal*
P4048. La Clandestine du voyage de Bougainville *Michèle Kahn*
P4049. L'Italienne, *Adriana Trigiani*
P4050. L'Inconnue du bar, *Jonathan Kellerman*
P4051. Une disparition inquiétante, *Dror Mishani*
P4052. M. Pénombre, libraire ouvert jour et nuit, *Robin Sloan*
P4053. Harmonium, *Wallace Stevens*
P4054. Belém *suivi de* Moscow, *Edyr Augusto*
P4055. Solo. Une nouvelle aventure de James Bond *William Boyd*
P4056. Le cintre était sur la banquette arrière, *Alain Rémond*

P4057. The Kid, *Sapphire*
P4058. Brigitte Bardot. La femme la plus belle et la plus scandaleuse au monde, *Yves Bigot*
P4059. Al-Qaïda en France, *Samuel Laurent*
P4060. Dans le Pavillon rouge, *Pauline Chen*
P4061. La Petite Copiste de Diderot, *Danielle Digne*
P4062. L'Effrayant Docteur Petiot. Fou ou coupable? *Claude Quétel*
P4063. Le Couteau jaune. L'affaire Dany Leprince *Franck Johannès*
P4064. Thèse sur un homicide, *Diego Paszkowski*
P4065. Thé vert et arsenic, *Frédéric Lenormand*
P4066. Étouffements, *Joyce Carol Oates*
P4067. Rien dans les poches, *Dan Fante*
P4068. Pain, éducation, liberté, *Petros Markaris*
P4069. No Bank, *Hugues Le Bret*
P4070. Elle marchait sur un fil, *Philippe Delerm*
P4071. Maudite Éducation, *Gary Victor*
P4072. L'Autre, *Sylvie Le Bihan*
P4073. Fille de Burger, *Nadine Gordimer*
P4074. Une vie de passions formidables, *Luis Sepúlveda*
P4075. Le Mystère Goldman. Portrait d'un homme très discret *Éric Le Bourhis*
P4076. Eux, *Claire Castillon*
P4077. La Plus Belle Histoire de la philosophie *Luc Ferry et Claude Capelier*
P4078. Les Apparitions, *Florence Seyvos*
P4079. Entre les jours, *Andrew Porter*
P4080. L'Humour au féminin en 700 citations *Macha Méril et Christian Moncelet*
P4081. L'assassin court toujours. Et autres expressions insoutenables, *Frédéric Pommier*
P4082. Devance tous les adieux, *Ivy Edelstein*
P4083. Contre vents et marées, *Denis Ledogar*
P4084. Cœur pur. Journal zen et lettres de Maura « Soshin » O'Halloran, *Maura O' Halloran*
P4085. Dans l'abîme du temps, *Howard Phillips Lovecraft*
P4086. L'Appel de Cthulhu, *Howard Phillips Lovecraft*
P4087. La Couleur tombée du ciel *suivi de* La Chose sur le seuil, *Howard Phillips Lovecraft*
P4088. Meurtre à Tombouctou, *Moussa Konaté*
P4089. L'Empreinte massaï, *Richard Crompton*
P4090. Pianotrip. Tribulations d'un piano à travers l'Europe *Lou Nils et Christophe Clavet*
P4091. Don Fernando. Le seigneur de l'Amazone *Fernand Fournier-Aubry*